KB121464

로크미디어가
유혹하는
재미있는 세상

ROK
MEDIA
로크미디어

천외천의 주인 22

2022년 4월 7일 초판 1쇄 인쇄
2022년 4월 12일 초판 1쇄 발행

지은이 한수오
발행인 김정수 강준규

기획 이기헌 왕소현 박경무 강민구
책임편집 오영란
마케팅지원 배진경 임혜솔 송지유 이영선

발행처 (주)로크미디어
출판등록 2003년 3월 24일
주소 서울시 마포구 성암로 330 DMC첨단산업센터 318호
Tel (02)3273-5135 **편집** 070-7863-8596 Fax (02)3273-5134
홈페이지 rokmedia.com E-mail rokmedia@empas.com

ⓒ 한수오, 2020

값 8,000원

ISBN 979-11-354-7442-2 (22권)
ISBN 979-11-354-8621-0 04810 (세트)

ROK
MEDIA
로크미디어

한수오 신무협 장편소설

22

| 악인시대 惡人時代 |

차례

철옹성鐵甕城 (1)

예로부터 중국에서는 성복학(星卜學)이, 즉 점성술(占星術)이 크게 발달해서 일월성신(日月星辰) 등 하늘에 나타나는 현상을 가지고 일개 개인의 길흉화복(吉凶禍福)은 물론, 집단이나 국가의 운명까지 예고하거나 예측하는 경우가 많았다.

요컨대 특정한 별의 변화가 세상에 끼치는 영향을 해석하는 것이 광범위하게 퍼져서 민간은 말할 것도 없고, 국가의 대사에까지 막대한 영향력을 행사했다.

북극성(北極星)을 북신(北辰), 북성(北星), 중극(中極) 등으로 부르며 사계(四季)를 바로잡고 기후변화를 주관하는 신으로 섬긴다거나, 북두칠성(北斗七星)을 칠원성군(七元星君)으로 부르며 신앙의 대상으로 삼는 것이 바로 그것이었다.

그리고 그중에서 가장 많은 영향력을 행사하는 별은 바로 천랑성(天狼星)과 자미성(紫微星)이었다.

단순하게 따지면 천랑성과 자미성은 그저 각기 도교에서 삼십육천강(三十六天罡)과 칠십이지살(七十二地煞)로 부르는 백팔흉성(百八凶星)의 하나에 불과했다.

원래는 세상을 어지럽히던 백팔마왕의 힘이 봉인되어 하늘의 별이 되었다는 전설적인 이야기였다.

그러나 성복지학(星卜之學)이 말하는 천랑성과 자미성은 절대 그리 단순하지가 않았다.

천랑성은 밤하늘에서 가장 밝게 빛나는 별로, 붉은 기운이 강한데다가, 동쪽에서 태양이 뜨기 전에 출몰하는 새벽성이라 태양을 앞서는 것으로 보며 악성(惡星)의 최고봉으로 쳤고, 자미원(紫微垣)에 위치한 별인 자미성은 인간의 생노병사(生老病死)를 주관하는 칠원성군, 바로 북두칠성을 보좌하는 것처럼 동북쪽에 자리하고 있어서 천제(天帝)의 운명과 관련되어 있었다.

따라서 자미성은 황제의 별로 불리기도 하는데, 황제는 곧 구천십지(九天十地)의 주인이기 때문에 천하를 의무하기도 했다.

그래서였다.

어떤 식으로든 천랑성의 붉은 기운이 황금색의 자미성을 침범하는 것은 따로 성복지학을 배우지 않은 사람들도 대단히 불길한 징조로 보았다.

"어라……?"

옥문관(玉門關)에서 운영하는 열여덟 개의 척후참(斥候站 : 군영(軍營) 외곽에 구덩이를 파서 흙으로 앞을 막고 몸을 숨긴 채 적의 공격에 대비하는 초소) 중 가장 전방에 속하는 척후참의 소기(小旗 : 열 명의 병사를 거느리는 지위)인 권중(權重)이 무심결에 전에 없이 참호(塹壕)를 벗어난 것이 그 때문이었다.

원래 척후참의 특성상 사방을 훤히 볼 수 있으면서도 정작 자기는 외부에서 발견하기 쉽지 않은 자리에 은밀하게 설치하는데, 그가 근무하는 척후참도 그랬다.

멀리 볼 수 있도록 높은 자리를 차지하긴 했으나, 기본적으로 잡목이 우거진 장소인데다가 바위와 나무 등을 쌓아서 엄폐해 놓은 까닭에 하늘은 제대로 볼 수가 없어서 밖으로 나서야 했던 것이다.

우거진 나뭇가지 사이로 드러난 하늘에서 얼핏 천랑성의 빛이 자미성을 침범하는 것 같아서였다.

그런데 그가 잘못 본 것이 아니었다.

울창하게 뒤엉킨 나뭇가지를 벗어나서 바라본 하늘 저편에는 천랑성의 붉은 빛이 자미성을 찌르고 있었다.

"뭐, 뭐야 저거?"

권중은 화들짝 놀라며 참호에서 자고 있는 부하들을 깨우려 했다.

옥문관에서 운영하는 척후참은 네 명이 한 조를 이루고 두 명씩 교대로 자며 근무한다.

원래 두 사람 다 전방을 지켜야 하나 실제는 한 사람만 전방을 살피고 다른 한 사람은 전방에서 나타날 그 누구보다도 더 무서운 상관이 나타날 수 있는 후방을 주시하고 있었다.

그런데 그가 참호 밖으로 나서도록 후방을 살피던 부하가 아무런 기척이 없는 것을 보니, 잠든 것이 분명해 보여 내친김에 다 깨우려는 것이었다.

그때 어디선가 날아온 비도 하나가 돌아서는 그의 가슴에 박혀들었다.

"……!"

권중은 절로 입이 벌어졌으나, 비명은 지르지 못했다.

지를 수가 없었다.

그의 가슴에 박혀 든 비도는 엄청난 힘이 내제되어 있어서 그대로 폐부를 관통해 버리는 바람에 비명은커녕 신음조차 나오지 않았다.

다만 숨이 끊어졌을 뿐, 그대로 죽은 것이 아니기 때문에 그는 비틀거리다가 뒤로 쓰러지는 와중에 전방에서 움직이는 일단의 무리를 볼 수 있었다.

그리고 또한 뒷걸음질하다가 넘어간 까닭에 참호 속으로 자빠졌고, 공교롭게도 비상시를 위한 밧줄이 설치된 방향으로 쓰러졌다.

"뭐, 뭐야……?"

"헉! 권 소기님!"

권중은 와당탕하는 소란 속에 수하들이 깨어나서 소리치는 것을 들었다.

그리고 그와 동시에 그들의 목이 떨어지는 것을 목도했다.

누군가 검은 그림자들이 난입해서 그들의 목을 베어 버린 것이다.

권중은 그 순간에 최후의 기력을 쥐어짜서 손에 닿은 밧줄을 잡아당겼다.

휘유우우우-!

예리한 휘파람 소리가 밤하늘 높이 치솟았다.

화살 깍지 앞에 둥근 구체를 붙여 놓고, 거기에 구멍을 뚫어 휘파람 소리를 내게 만드는 대초명적(大哨鳴鏑)이었다.

권중이 당긴 밧줄에 걸려 있던 시위가 놓아지며 후방에 위급을 알리는 대초명적을 쏘아올린 것이다.

권중은 그 소리를 들으며 자신이 임무를 완수했다는 자부심에 미소를 지었다.

그 순간에 휘둘러진 검은 그림자의 칼날이 그의 목을 베어 버렸다.

"쓸데없는 짓!"

감숙성의 서쪽, 서역으로 가는 통로라는 하서회랑(河西回廊)이 끝나고, 비단길의 남로와 북로가 갈라지는 지점에 자리한 도시인 돈황(敦煌)에서 다시 서쪽으로 삼백여 리를 더 가서 자리한 옥문관(玉門關)은 한나라 때 서역으로 가는 길을 개척하면서 세운 관문이다.

서역에서 옥(玉)이 들어오는 길이란 뜻에서 옥문관이라는 이름이 지어졌는데, 그 유례에서 짐작할 수 있듯 전략적인 요충지가 분명함에도 그다지 중시되지 않고 있었다.

고작해야 사람들에게 서역과 교역하기 위해서 거치는 일종의 통로쯤으로 인식되고 있는 것이다.

그래서인지 실제로 옥문관을 주관하는 옥문도위(玉門都尉) 위진보(位珍寶)는 고작 천호소(千戶所)에도 미치지 못하는 칠백여 명의 병사만을 거느리고 있었다.

군부에서 옥문관의 중요도를 그다지 높게 평가하고 있지 않는다는 방증이었다.

다만 우습지 않게도 아니, 모순적이게도 위진보의 지위는 각기 한 명의 부천호(富千戶 : 종 5품의 지휘관)와 진무(鎭撫 : 종 6품의 판관), 그리고 열 명의 백호(百戶 : 정 6품의 지휘관)을 거느리는 정천호(正千戶 : 정 5품의 지휘관)로써 군부에서 상당한 능력을 인정받는 장수였다.

위진보는 소위 상관을 배려하는 붙임성 하나 없이 직언을 서슴지 않는 고지식한 성격으로 말미암아 변방으로 내몰린 청백리(淸白吏)였던 것이다.

그런 장수이기에 그가 수하들의 사소한 반응도 놓치지 않고 따지는 세심한 품성을 가지고 있는 것은 어쩌면 당연한 일일 터였다.

일찍 자고 일찍 일어나는 습관을 가져 일찍 잠들어 버린 위진보가 자미성을 침범하는 천랑성의 붉은 기운을 비교적 다른 사람들보다 먼저 목도할 수 있었던 것은 바로 그 때문이었다.

위진보는 옥문관에 딸린 관사(官舍)의 영내를 지키는 보초들의 웅성거림을 그냥 지나치지 않고 즉시 일어나서 밖으로 나섰던 것이다.

옥문관의 북쪽 밖, 일명 소륵하(疏勒河)라 불리는 지역의 하늘에서 대초명적의 예리한 휘파람 소리가 들려온 것이 바로 그 순간, 그가 강성해진 천랑성의 기운을 보고 놀랐을 때였다.

"당장 병력을 소집해라!"

위진보는 즉시 우왕좌왕하고 있던 주변의 병사들을 향해 호통을 치듯 엄하게 명령을 내리고 그 자신은 갑옷도 챙겨 입지 않은 채 곧장 옥문관의 문마루 위로 달려갔다.

마침 그때 옥문관의 문마루를 지키고 있던 군관은 부천호 이필(李必)이었다.

이필은 위진보가 수족처럼 믿어 의심치 않는 사람답게 벌써 병사들을 소집하는 경종을 울리고 있었다.

뎅뎅뎅뎅―!

귀가 먹먹할 정도로 시끄럽게 울리는 경종 소리와 함께 잠에서 깨어난 병사들이 허겁지겁 밖으로 나서고, 번초나 순찰 등으로 이미 깨어 있던 병사들은 속속들이 문마루 주변으로 집결하고 있었다.

위진보는 그런 병사들 사이를 헤집으며 발길을 서둘러서 문마루로 올라섰다.

"저깁니다!"

이필이 문마루로 올라서는 위진보를 보기 무섭게 옥문관 저편으로 손을 뻗었다.

백여 기의 기마병이 그의 손의 손끝에 걸렸다.

그러나 기마대는 일부에 지나지 않았다.

기마대의 주변에는 얼핏 봐도 그보다 수배를 넘어서는 병사들이 따르고 있었다.

"병사……?"

위진보는 눈살을 찌푸렸다.

마상의 사내들도, 그 곁을 따르는 사내들도 병사의 복장이 아니었다.

일부는 짙은 흑의를, 일부는 흐린 흑의를 걸쳤는데, 하나같이 소매와 발목을 동여매서 몸에 착 달라붙는 일종의 무복이긴 했으나, 장족(藏族)이나 회족(回族), 하다못해 몽고족(蒙古族)의 군복으로도 보이지 않는 복장이었다.

이내 그는 그와 같은 복장을 하는 자들에 대해서 알고 있었다.

"무인들이군."

그랬다.

지금 옥문관을 향해서 느긋하게 다가오고 있는 자들은 하나같이 이른바 야행복이라고 불리는 무인의 복장인 것이다.

이필은 다가오는 무리를 주시한 채로 물었다.

"척후참에서 귀환한 병사가 있나?"

이필의 표정이 참담하게 변했다.

"단 한 명도……."

차마 돌아오지 않았다는 소리는 입에 담지 못하고 말을 얼버무리는 이필이었다.

"좋지 않군. 좋지 않아……."

위진보는 심각해진 표정으로 혼잣말을 중얼거리다가 이내 마음을 다잡으며 다가오는 무리에게서 시선을 거두지 않은 채 불쑥 물었다.

"아우야, 나 믿지?"

이필이 갑자기 들은 뜬금없는 질문에 어리둥절해하다가 이내 무언가 느끼는 바가 있었던지 단호한 표정으로 바뀌었다.

그도 그럴 것이, 위진보가 그에게 아우라고 했다.

이는 위진보가 사석이 아닌 자리에서 한 번도 부른 적이 없는 호칭이었다.

그는 힘주어 대답했다.

"당연하지요! 제가 형님을 믿지 않으면 또 누구를 믿겠습니까!"

"그래, 그렇지."

위진보가 당연히 그럴 줄 알았다는 듯 해맑게 웃는 낯으로 고개를 끄덕이며 재우쳐 말했다.

고개까지 기울여서 실로 바로 옆에 서 있는 이필만이 들을 수 있는 나직한 어조였다.

"그럼 부탁 하나만 하자."

"예, 뭐든지 말씀하십시오!"

"너는 지금 당장 여기를 떠나라!"

"예에?"

이필이 황당해하는 얼굴을 뒤로 물리며 위진보를 바라보았다.

위진보는 여전히 다가오는 적들에게서 시선을 떼지 않은 채로 손을 내밀어서 이필의 고개를 당기며 다시 말했다.

"소륵하의 척후참에서 쏘아 올린 대초명적이 방금 전에 울렸는데, 저들은 벌써 여기에 도착해 있다. 하물며 봐라. 저 많은 인원이 몰려오는데 발소리 하나 들리지 않는다."

"……!"

"저들의 용무가 무엇이든지 간에 우리는 막을 수 없다. 그러니 그렇게 하자. 시간이 없다. 내가 조금이라도 시간을 벌 테니, 너는 어떻게든 이곳을 빠져나가서 북평으로 가라."

위진보는 히죽 웃으며 덧붙였다.

"누가 됐든 한 사람은 장군님께 이 사실을 알려야 하지 않겠냐."

"그런 거라면 형님이 가십시오!"

이필이 위진보의 말이 끝나기 무섭게 대꾸한 말이었다.

그는 위진보의 말에 전혀 동의하지 않고 있었다.

오히려 기다렸다는 듯 위진보를 밀치고 나섰다.

"제가 여기 남아서 시간을 벌겠습니다!"

위진보는 밀리지도 않았고, 물러서지도 않았다.

그의 결심은 이필의 의지보다 더 확고했다.

"아우야."

그는 새삼 이필의 뒷목을 잡고 당겨서 이마를 마주 붙이며 분위기와 어울리지 않게 웃는 낯으로 말했다.

"이건 누구는 죽고, 누구는 사는 문제가 아니야. 그저 가능성이 문제일 뿐이지. 저 정도로 뛰어난 애들이 여기를 빠져나가는 자를 그대로 내버려두겠냐? 어림도 없지. 추적을 할 테고, 죽이려 들 거다."

"아무리 그래도……!"

"그래도 아니라, 그래서 나는 네가 갔으면 한다."

"어째서요?"

"내가 아니까 그렇지. 네가 나보다 조금 더 빠르고, 조금 더 강하다는 사실을 말이야."

"……!"

"최대한 성공할 가능성을 높여야지. 안 그래?"

이필이 말문이 막힌 듯 어금니를 악물었다.

위진보는 그 사이 군관 하나가 가져온 자신의 군복과 칼을 건네받아서 묵묵히 몸에 걸치며 마치 모든 것이 이미 결정 난 것 같은 태도로 빙그레 웃으며 말했다.

"잘 부탁한다, 아우?"

"……!"

처음에는 무조건 부정하려는 표정이던 이필이었으나, 이내 이러지도 저러지도 못하겠다는 기색이더니, 결국 눈시울을 붉히며 욕설을 뱉어 냈다.

"젠장!"

위진보는 웃는 낯으로 가만히 이필의 어깨를 두드려 주었다.

이필이 거칠게 그의 손을 뿌리치고 눈을 부라리며 말했다.

"나랑 하나만 약속해요! 불리하다 싶으면, 아니, 아니다 싶으면 어떻게든 혼자라도 도망치겠다고! 약속 안 하면 저 안 갑니다!"

위진보는 힘주어 대답했다.

"알았다! 약속하마!"

이필이 그제야말로 어쩔 없다는 듯 힘줄이 돋아난 팔뚝을 내밀었다.

위진보는 주먹을 움켜쥔 팔뚝을 마주 내밀어서 이필의 팔뚝에 걸고 힘주어 당겨서 어깨를 마주쳤다.

이필이 그렇게 그들만의 작별 인사를 하고 나서야 돌아서서 옥문관의 문마루를 내려갔다.

위진보는 문마루를 내려간 이필이 저 멀리 영내의 뒤편으로 사라지는 것을 확인하고 나서야 시선을 바로하며 다가서는 적들을 지그시 바라보았다.

이윽고, 기마대를 앞세운 적들이 옥문관과 십여 장 남짓까지 다가와서 멈추었다.

그러고는 선두의 마상에 앉은 백발노인 하나가 대뜸 위진보를 향해서 놀랄 만한 이름을 꺼내 들며 명령했다.

"노부는 마교총단의 선진(先陣)을 맡은 팔마유(八魔儒)의 대형인 백유마사(白幽魔士)다! 어서 문을 열어라! 그러면 목숨은 구제해 주마!"

"……!"

위진보는 경악했다.

나타난 자들이 감당할 수 없을 정도로 강하다는 것을 느끼면서도 절대 잃지 않고 있던 그의 침착함이 일거에 무너졌다.

"마……교!"

위진보는 자신의 동요를 드러내지 않기 위해서 무진 애쓰면서도 어쩔 수 없이 마른침을 삼켰다.

군부의 가문에서 태어나서 평생 군부와 함께 생활한 그도 마교라는 이름은 익히 잘 알고 있었다.

과거 국운마저 뒤흔들던 세력이 바로 마교의 무리였다.

오죽하면 아직까지도 나라에 해를 끼치는 세력이나 이단의 종교는 모두 다 마교라고 부를 것인가.

"과연 오늘은 길보다 흉이겠네."

위진보는 애써 침착함을 유지하며 중얼거리고는 한 위진보는 대답을 뒤로 미룬 채 문마루의 난간에 가려서 상대가 볼 수 없는 한 손을 지그시 말아 쥐었다.

문마루의 좌우측 성벽에 대기하고 있는 백여 명의 궁수들에게 보내는 신호였다.

궁수들이 즉시 그의 신호에 따라 일제히 시위에 활을 걸었다.

위진보는 그제야 문마루의 난간 가까이 다가서서 자신을 백유마사라고 소개한 마상의 백발노인을 바라보며 애써 시치미를 떼고 말했다.

"마교라면 무림의 단체가 아닌가? 본디 무림과 관부는 강물과 우물물처럼 서로의 경계를 넘지 않는 법인데, 귀하는 어찌하여 그 벽을 허물려고 드는 건가?"

선두의 마상에 앉은 백발노인, 백유마사가 그의 질문은 들은 척도 하지 않고 싸늘하게 경고했다.

"살 수 있는 기회를 저버리지 말고, 어서 문이나 열어라!"

위진보는 이미 상황이 최악으로 치닫고 있음을 직감하면서도 조금이나마 더 시간을 끌고 싶은 마음에 애써 태연을 가장하며 말했다.

"감히 성역을 허물겠다는 건가? 지금 귀하의 행위가 천하무림의 미래에 어떤 해악을 끼칠지 한번 생각해 보라! 이는 명백한 위반으로, 그대들, 무림인들의 미래에 필시……!"

백유마사가 더는 그의 말을 듣지 않고 귀찮다는 눈빛으로 옆의 마상에 앉은 외팔이 중년인에게 시선을 주었다.

"낭리사!"

외팔이 중년인이 바로 낭리사였다.

백유마사는 그저 호명했을 뿐인데도, 낭리사가 즉시 마상을 박차고 솟구쳐서 문마루를 향해 날았다.

무려 십여 장이나 떨어져 있는 삼 장여 높이의 옥문관 문마루를 향해 흡사 새처럼 직선으로 날아오고 있었다.

위진보는 반사적으로 손을 쳐들었다.

"쏴라!"

문마루의 좌우 성벽에 대기하고 있던 백여 명의 궁수들이 일제히 난간 위로 당겨진 활시위를 드러내며 일제히 외팔이 사내, 낭리사를 겨누고 쏘았다.

쏴아―!

백여 개의 화살이 일제히 낭리사를 노리고 있었다.

궁수들은 평소 궁술에 조예가 남다른 위진보가 없는 시간을 쪼개서 손수 가르친 덕분에 하나같이 명궁(名弓)까지는 아니어도 명사수라고 불릴 수 있을 정도의 활 솜씨를 가지고 있었고, 그들이 가지고 있는 활과 화살도 위진보가 직접 명령을 내려서 제작한 강궁(强弓)과 철시(鐵矢)였다.

하지만 소용없었다.

놀랍게도 백여 개의 화살 중 단 하나도 낭리사에게 닿지 않았다. 낭리사가 날아오는 그대로 수중의 칼을 내밀어서 가볍게 휘두르자 모든 화살이 허무하게 부러져 나가며 사방으로 튕겨 나갔다.

엄청난 검기의 발현이었다.

궁수들은 두 번째 화살을 시위에 걸지 못했다.

화살을 시위에 걸 시간이 없었다.

낭리사가 그 무엇도 발을 디딜 것이 없는 허공에서 방향을 틀더니, 재차 시위에 화살을 거는 궁수들을 덮쳤기 때문이다.

"으악!"

"크아악!"

찢어지는 단말마의 비명이 터지며 피가 튀고, 살점이 난무했다. 놀랍다 못해 황당하게도 낭리사가 고작 한차례 휘두른 칼날 아래 이십여 명의 궁수가 피 떡이 되어서 죽어 나갔다.

"막아라!"

"크아아악!"

뒤쪽에서 대기하고 있던 병사들이 악을 쓰며 궁수들을 구하려고 달려들었으나, 상황은 조금도 달라지지 않았다.

"으아악!"

"크아아아악!"

창칼을 들고 나선 병사들은 말할 것도 없고, 그들을 이끌던 백호장도 상대가 되지 않았다.

외팔이 검객, 낭리사는 실로 무지막지하게 강했다.

그는 그저 단순하게 휘두르는 칼질만으로 삽시간에 백호장의 목을 날려 버리고, 연이어 찌르고, 베고, 휘두른 칼질로 수십 명의 병사들을 도륙하기 시작했다.

그야말로 양 떼 우리에 한 마리 검은 늑대가, 아니, 검은 사자가 뛰어든 것 같은 모습이었다.

낭리사의 칼이 휘둘러질 때마다 허공에 피어나는 혹은 흩뿌려지는 검은 안개 같은 마기로 인해 실로 그렇게 보였다.

잔인하고 참혹했다.

속절없이 피를 뿌리며 나가떨어지는 병사들의 주검이 실로 그랬다.

병사들은 칼에 베어지는 것이 아니라 마치 톱날에 찢기고 뜯겨지는 것처럼 너덜너덜한 모습으로 죽어서 나가떨어지고 있었다.

살인적인 것이 아니라 파괴적인 도법이었다.

"비켜라!"

위진보는 더 이상 참지 못하고 자신을 경호하기 위해서 앞을 막아선 백호장들을 밀치고 나섰다.

"장군님!"

백호장들이 다급히 말렸으나, 위진보는 단번에 뿌리치며 그대로 낭리사를 향해 신형을 날렸다.

낭리사가 그런 그를 향해 돌아서서 누런 이를 드러내며 웃었다.

위진보는 높이 뛰고 옥문관의 중단 처마를 밟고 날아서 낭리사의 머리 중앙 정수리를 일도양단의 기세로 내려쳤다.

전력을 다해서 펼친 회심의 일격이었다.

낭리사가 그와 같은 그의 공격을 비릿하게 웃는 낯으로 아무렇지도 않게 칼을 쳐들어서 막아 냈다.

깡─!

거친 쇳소리와 함께 불퉁이 튀었다.

격돌의 여파로 유리처럼 깨져서 비산하는 검기와 사방으로 흩어지는 마기가 더불어 위진보도 뒤로 물러났다.

사실은 그 역시 튕겨진 것이었다.

낭리사가 아무렇지도 않게 그 자리에 서서 새삼 누런 이를 드러내고 웃으며 한마디 했다.

"제법이네?"

위진보는 절망했다.

단 한 번의 격돌이었으나, 그는 충분히 느낄 수 있었다.

낭리사의 막강한 검세는 차치하고, 칼끝에서 피어나는 엄청난 마기에 눌려서 그의 손은, 또한 발이 평소와 달리 제대로 움직여지지 않았다.

그는 낭리사의 상대가 될 수 없었다.

"미안하다, 필아!"

위진보는 문득 혼잣말을 뇌까리고는 앞선 격돌의 여파로 손바닥이 찢겨져서 끈적끈적해진 장군검의 손잡이를 강하게 움켜잡고 하얗게 웃으며 낭리사를 향해 뚜벅뚜벅 다가갔다.

죽음을 각오한 무게가 실린 그 발걸음과 함께 그는 씹어뱉듯 말했다.

"악귀야, 네 손에 죽어 주마! 대신 그 팔 하나만 주라!"

철옹성鐵甕城 (2)

"내 기필코 네놈과 함께 죽으리라!"

죽음을 각오하면서 씹어뱉듯이 말하는 사람이 여기도 있었다.

만리장성 동단의 첫 관문으로, 천하제일관이라 불리는 이름 그대로 대단한 위용을 자랑하는 산해관의 진장(陳將) 모백곡(毛伯穀)이었다.

하지만 그의 말을 들은 상대, 사십 대의 중년인으로 보이나, 실제는 백수를 넘긴 노마두, 마도오문 중 광천문(狂天門)의 주인인 광천패도(狂天覇刀) 부의기(部義基)는 마냥 가소롭다는 눈빛을 내보였다.

사실 누가 봐도 그럴 수밖에 없었다.

지금 모백곡의 처지는 그리 좋지 못했다.

아니, 그리 좋지 못한 정도가 아니라 실로 최악이었다.

산해관의 현판은 이미 박살 난 채 바닥에 떨어져 있었고, 용 같고 범 같다고 알려진 휘하 장수들과 이천오백에 달하는 정혜 병사들 중에서 지금 그의 곁을 지키고 있는 자들은 고작 백여 명도 되지 않았다.

그나마 절반은 당장에 쓰러져도 이상해 보이지 않을 정도로 선혈이 낭자한 모습이었고, 나머지 절반도 상처를 입지 않은 자들이 하나도 없었다.

엄청난 위용을 자랑하며 난공불락의 요새로 알려진 산해관 은 이미 적에게 함락당한 상태인 것이다.

게다가 놀랍다 못해 황당하게도 이천오백에 달하는 병력을 거의 몰살시키며 산해관을 점령한 적의 인원이 고작 오백 남짓 이라는 사실이었고, 그보다 더 어처구니가 없는 현실은 그들 대 부분이 여전히 살아남아 있다는 사실이었다.

제아무리 예기치 않은 야습에 당했다고는 하나, 모백곡의 입장에서 볼 때 이건 도무지 말이 안 되는 상황인 것이다.

그러나 지금 모백곡이 죽음을 각오한 채 부의기를 노려보며 이를 가는 것은 단순한 분노나 오기가 아니었다.

분하고 원통하긴 하지만, 어쩔 수 없는 선택이었고, 체념이 었다.

그도 그럴 것이, 지금 모백곡이 남은 병사들과 함께 힘겹게 대치하고 있는 부의기 등의 뒤쪽, 저편 하늘에는 희뿌연 두 줄기 연기가 피어나고 있었다.

두 줄기 연기는 산해관에서 안쪽으로 삼백 리가량 떨어진 해안인 진황도(秦皇島)의 군영에부터 반원을 그리며 내륙으로 이어진 경계선의 중심이 되는 군영인 장각진(長角鎭)에서 그에게 보내는 봉화(烽火)였다.

피어나는 연기가 한 줄기였으면 좋았을 텐데, 아쉽게도 두 줄기가 피어났다.

지원 병력을 보내는 대신에 기존의 경계망을 강화하겠으니, 산해관을 포기하고 철수하라는 신호였다.

하긴, 장각진의 주장(主將)이 추기장군(追旗將軍) 반홍(潘洪)이기에 어느 정도 짐작한 신호이기도 했다.

바둑을 두어도 공격보다는 수비를 택하고, 또 그것으로 승리를 쟁취하는 성격의 소유자가 추기장군 반홍이었다.

그저 한심하게도 지금의 그에게 철수할 여력조차 없을 뿐인 것이다.

그런 모백곡의 마음과 각오를 아는지 모르는지, 마냥 가소롭다는 눈빛으로 바라보고 있던 부의기가 싸늘하게 명령하며 돌아섰다.

"하나도 남김없이 목을 베어서 성루에 매달아라!"

상대할 가치도 못 느낀다는 외면이었다.

실제로 그랬다.

부의기와 명령이 떨어지기 무섭게 모백곡의 병사들을 에워싸고 있던 흑의사내들 중 일부가 아무런 사전 동작도 없이 전광석화처럼 나섰다.

정확히는 삼십여 명이었다.

그들로 충분했다.

모백곡의 병사들은 삽시간에 도륙당하고 있었다.

"으아악!"

"크아아악!"

단말마의 비명이 동시다발적으로 터졌다.

붉은 피가 튀고 찢겨 나간 살점이 날렸다.

모백곡의 군사들은 제대로 대항조차 하지 못했다.

흡사 바람에 쓰러지는 갈대처럼 속절없이 죽어서 넘어가는 그들에게 허용되는 것은 오직 단말마의 비명뿐이었다.

그리고 그 속에는 분한 마음에 사력을 다해서 자신을 무시하고 돌아선 부의기에게 달려들다가 거꾸러진 모백곡의 비명도 섞여 있었다.

모백곡은 부의기의 곁에 시립해 있던 일노일소 중 이십 대로 보이는 젊은 사내가 하나가 휘두른 칼날에 허무하게도, 그리고 잔인하게도 가슴이 찢기고 배가 갈라져서 내장을 뿌리며 죽어 버렸다.

부의기는 모백곡이 자신을 노리다가 죽었다는 사실을 아는지 모르는지 그저 저 멀리 장각진의 하늘로 피어나는 두 줄기 연기를 바라보고 있었다.

그러다가 문득 쓰게 입맛을 다셨다.

"아쉽게 됐군. 여우같은 놈 때문에 피 맛이 줄었어."

그림자처럼 그의 곁을 지키던 작은 체구의 노인, 관천문의 책사 공야진붕(公冶眞棚)이 몇 개 남지 않은 이를 드러내고 웃으며 말했다.

"역시 여기서 선을 그으실 생각이시군요."

부의기가 미간을 찌푸린 채 잠시 물끄러미 공야진붕을 바라보다가 불쑥 쏘아붙였다.

"늙은이 네가 그러라고 했잖아? 여기서 더 들어가 봤자 손해만 입을 거고, 손해를 안 입는다고 해도 다른 애들 좋은 일만 하는 꼴이니까 여기 산해관만 차지해서 길만 열어 놓고 말라면서?"

공야진붕이 음충맞게 웃으며 말했다.

"흐흐, 그저 확인입니다. 혹시 잊으신 게 아닌가 해서요. 흐흐흐……!"

부의기가 무심한 얼굴로 한 대 칠 것처럼 주먹을 쳐들었다.

공야진붕이 그에 아랑곳하지 않고 쳐다보며 뒤쪽, 산해관의 성루를 손으로 가리키며 말했다.

"술상을 차려 놨습니다. 물론 곱고 어린 애들도 준비했고요. 여기 진장인 녀석이 데리고 있던 첩실들인 모양인데 다들 제법 쓸 만하더군요."

부의기가 쳐들었던 주먹을 더 높이 쳐들며 눈을 부라렸다.

"뭐? 지금 나보고 다른 놈이 먹다 남긴 찌꺼기를 먹으라는 게야?"

공야진붕이 눈 하나 깜짝하지 않고 대답했다.

"그런 거 좋아하시잖습니까?"

"그렇긴 하지."

부의기가 음흉한 미소를 지으며 곧바로 수긍하고는 높이 쳐들었던 주먹을 내리고 장내를 둘러보았다.

싸움은 벌써 끝났고, 싸움을 끝낸 그의 수하들은 이리저리 오가면 성루에 내걸 죽은 자들의 머리를 수집하느라 여념이 없었다.

그는 만족한 표정으로 손을 털며 산해관의 성루를 향해 돌아섰다.

"애들 별로면 죽는다, 너?"

제갈명이 풍잔의 영내 경계를 도맡고 있는 호풍대주 맹효의 방문으로 사태를 전해 듣고서 같이 있던 흑영, 백영과 함께 밖으로 나왔을 때는 이미 자미성을 침범할 정도로 강성해졌던 천랑성의 기운이 빠르게 쇠퇴해서 본래의 모습으로 돌아오고 있을 때였다.

"얼마 동안 얼마나 침범했지?"

"글쎄……? 나도 애들에게 듣고 나와서 확인한 거라 확실하진 않지만, 대략 일각(一刻 : 15분) 정도였고, 천랑성의 붉은 빛이 자미성의 일부를 침범하는 정도였을 걸요 아마?"

"그러니까, 천랑성의 기운이 자미성을 삼키지는 않았다는 거지?"

"그렇게까지는 아니었어요."

"뭐지 그럼? 불길한 전조인 건 황실한데, 대체 어느 정도인 건지 도통 감을 잡을 수가 없잖아, 젠장!"

제갈명은 자못 신경질적으로 투덜거리는데, 백영이 도무지 모르겠다는 표정으로 불쑥 끼어들었다.

"그게 불길한 전조예요?"

보통 상식도 모르는 사람이 나서면 불편해하거나 짜증을 부리는 것이 인지상정이었으나, 그렇지 않은 사람도 있었다.

제갈명이 그랬다.

그는 오히려 반색했다.

알은척할 수 있는 기회를 마다할 그가 아닌 것이다.

"당연하지. 보통은 황조가 몰락하거나 황제가 붕어할 때 나타나는 현상이라고들 하는데, 그건 전적으로 황실에서 퍼트린 소문에 불과하고, 실제는 강대한 외세의 침공이나 대기근을 부르는 대가뭄의 시작, 또는 대륙을 송두리째 휩쓸 엄청난 태풍이 일어나기 직전에, 즉 수많은 사람이 죽어 나갈 일이 벌어지기 전에 일어났지. 그나저나……?"

제갈명은 설명을 하던 중에 비로소 아까 먼저 밖으로 나갔던 설무백이 보이지 않는다는 것을 깨달으며 사방을 두리번거렸다.

"주군께서는 이 마당에 어디를 가신 거야?"

백영이 말을 받았다.

"공야 형님과 요미도 보이지 않네요."

흑영이 일순 반짝 눈을 빛냈던 긴장의 끈을 놓으며 말했다.

"공야 형과 요미가 같이 갔다면 걱정은 안 해도 되겠군."

제갈명은 남몰래 멋쩍은 기색을 감추었다.

방금 전 그는 걱정한 것이 아니라 그저 호기심을 드러냈을 뿐인 것이다.

그때 정원의 저편에서 언제 들어도 굵직한 저음의 목소리와 함께 공야무륵이 나타났다.

"아니, 같이 가지 못했어. 갑자기 움직이시는데, 따라가기는 커녕 어디로 가셨는지조차 알 수가 없더라고."

"나빠! 그동안 우릴 속였어!"

요미였다.

언제 나타났는지 모르는 그녀가 지근거리의 지붕 끝자락에 잔뜩 심술이 난 표정으로 팔짱을 끼고 앉아서 투덜거렸다.

"그 정도의 경공은 여태 한 번도 보여 준 적이 없는 거였다고!"

맹효가 혀를 내두르며 말했다.

"그 정도라면 역시나 걱정할 일은 아니네요. 공야 호법님이
나 요미 사저가 따라갈 수 없을 정도의 경공이라면 천하의 그
누구도 따라가기 어려울 테니까요."

"그건 또 그러네."

제갈명이 과연 그렇겠다는 듯 실소하다가 이내 슬며시 굳어
지며 한숨을 내쉬었다.

"난리가 따로 없네."

저편 정원의 입구로 검노와 쌍노 등을 비롯한 풍잔의 요인
들이 우르르 몰려들고 있었다.

강성해진 천랑성의 기운이 자미성을 침범하는 것을 확인하
고서 설무백에게 달려오는 모양이었다.

과연 제갈명의 예상대로였다.

"주군은 어디 계시나?"

어지간한 사람의 달리기보다 빠른 잰걸음으로 다가온 그들,
무리의 선두인 검노가 다급히 물었다.

"외출하셨습니다."

"어디를 가셨는데?"

"말씀을 안 하고 나가가셔서 그건 저도 잘……?"

제갈명의 답변은 검노에게 통하지 않았다.

검노는 제갈명의 답변에 만족하지 않고 반사적으로 손을
내밀어서 멱살을 움켜잡으며 다그쳤다.

"잘난 그 머리는 됐다 나중에 국 끓여 먹을래? 어서 유추라 도 해 봐!"

"캑!"

졸지에 목이 졸려서 숨이 막힌 제갈명은 실로 다행스럽게도 짐작 가는 장소가 있었다.

"당연히 가장 걱정스러운 부모님부터 확인하고 싶으실 테니, 지부공관(知府公館)로 가셨지 않나 싶습니다! 캑캑! 북평왕부의 동향을 알아보려면 아무래도 거기가 가장 빠르지 않겠습니까! 캑캑!"

검노가 그제야 제갈명의 멱살을 놓아주며 돌아섰다.

제갈명이 호흡을 가다듬지도 않고 급히 말했다.

"그래도 가지 마세요. 공야 호법이나 요미까지 따돌리고 가 신 것으로 보아 급한 마음에 잠시 다녀올 생각으로 나셨을 텐 데, 괜히 우르르 몰려가면 자발머리없다는 타박밖에 더 듣겠습 니까."

검노가 어리둥절한 눈빛을 던지며 물었다.

"공야무륵과 요미를 따돌렸다는 게 무슨 소리야?"

제갈명은 와중에도 곁에 선 공야무륵과 지붕에 앉아 있는 요 미를 일별하는 것으로 무언의 허락을 맡으며 검노에게 사정을 설명해 주었다.

검노가 그제야 싫지만 수긍할 수 없다는 듯 수긍하는 기색으 로 발길을 돌려서 설무백의 거처로 향했다.

"안에서 기다리도록 하지."

제갈명은 다시금 검노의 발목을 잡았다.

"취의청으로 가시죠?"

검노가 고까운 표정으로 제갈명을 돌아보았다.

제갈명은 재빨리 손을 내밀어서 주변에 늘어서 있는, 그리고 저편 전원의 초입으로 몰려들고 있는 풍잔의 요인들을 가리키며 애써 천연덕스럽게 웃었다.

검노가 두말없이 발길을 돌렸다.

"그러지, 그럼."

제갈명의 추론은 정확했다.

설무백은 그 시각, 지부공관의 중심을 차지한 지부의 집무실인 전각 앞에 도착하고 있었다.

천랑성의 기운이 자미성을 침범하는 것을 목도한 즉시 신형을 날려서 지부공관으로 달려온 결과였다.

"누, 누구……?"

지부의 집무실 앞을 지키던 병사가 귀신처럼 갑자기 나타난 설무백을 보고 기겁했다.

설무백은 괜한 소란을 일으키고 싶지 않아서 병사를 잠시 잠재우려 했으나, 그럴 필요가 없게 되었다.

"됐다! 물러나 있거라!"

전각의 저편에서 다급하게 뛰어온 사내 하나가 병사를 물렸다.

누군가 했더니, 난주부의 대포두 철환 언자추였다.

병사가 물러나고, 그 언자추가 사뭇 공손하게 설무백을 맞이했다.

"혹시나 했는데, 정말 오셨네요."

설무백은 머쓱했다.

"내가 올 줄 알았다고?"

언자추가 웃는 낯으로 지부의 집무실인 전각의 문을 열고 안을 가리키며 대답했다.

"하늘빛이 그 모양으로 일그러졌으니 어느 자식이 부모님 걱정을 하지 않을까요. 어서 안으로 드시죠. 안 그래도 저 역시 궁금합니다. 어떤 식으로든 황실이나 황궁이 뒤틀리면 저 같은 말단 관리 나부랭이들은 추풍낙엽처럼 날아가는 법이거든요."

설무백은 가벼운 미소로 수긍하며 언자추가 열어 주는 문을 통해서, 그리고 안내에 따라 지부의 집무실로 들어갔다.

마침 지부대인 병무인은 지부의 이인자인 동지 한보와 삼인자인 추관 이서광과 같이 있었다.

그들, 모두가 내실로 들어서는 설무백을 보고는 하나같이 놀란 토끼처럼 벌떡 일어나서 맞이했다.

"오셨습니까?"

천외천의
주인

"어쩐 일로……?"

"아니, 우선 이쪽으로 앉으시지요."

작금의 난주는 풍잔으로 인해, 바로 설무백으로 인해 존재한다고 해도 절대 과언이 아니다.

지금과 같은 그들의 환대는 당연한 반응인 것이다.

다만 설무백은 지부대인 병무인이 권하는 자리도 마다한 채 그대로 서서 거두절미하고 용건부터 밝혔다.

"북평과 경사 응천부의 동향과 세외와 관외의 관문, 그리고 변방의 병력 이동에 대해 좀 알려고 하는데, 도움 좀 주시겠습니까?"

병무인이 난감한 표정으로 대답했다.

"아, 그런 거라면 잘못 찾아오셨네요. 아시다시피 지현(知縣)이나 지부 등, 지방관은 치안 목적으로 주둔하고 있는 위소에 병력을 요청할 수 있을 뿐, 따로 군사를 데리고 있을 수 없는 관계로 그에 대한 정보 역시 매우 늦습니다. 만약 그걸 알아보시려면……!"

"압니다."

설무백은 잘라 말했다.

"북쪽 백은부(白銀府)에 있는 도지휘사사(都指揮使司)로 가 봐야지요. 그곳만이 병부의 명령을 직접 받으니까요."

작금의 지방 관제는 지방관의 권한을 대폭 축소하고, 그것도 부족해서 각각의 성마다 철저하게 군사, 행정, 사법의 집행

관을 나누어 놓고 서로의 권한을 침범할 수 없도록 정해져 있었다.

이는 다른 무엇보다도 정권 유지를 방해하는 혹은 위협하는 단초를 없애려는 목적을 앞세운 황실의 주장이 그대로 반영된 지방 관제인데, 민정과 재정만을 담당하는 승선포정사사(承宣布政使司)와 사법과 재판, 감찰만을 담당하는 제형안찰사사(提刑按察使司), 그리고 군사만을 담당하는 도지휘사사(都指揮使司)가 바로 그것이었다.

하물며 중앙정부는 즉, 황궁은 그 세 개의 기구, 삼사(三司)마저 한 지역에 모아 두지 않고 각기 뿔뿔이 흩어 놓았다.

공표하기로야 서로 다른 각각의 업무의 집중도를 높이려는 조치라고 했다.

하지만 실제는 만에 하나라도 있을지 모르는 모의에 대한 대비라는 것이 아는 사람은 다 아는 사실이었다.

아무튼, 그런저런 연유로 해서 감숙성의 군정을 관할하는 도지휘사사는 성도인 난주가 아니라 난주에서 북쪽으로 수백 리 떨어진 백은부에 자리하고 있는 것이었다.

병무인이 어리둥절해했다.

"아니, 그걸 아시면서 왜 저를 찾아오신 건지……?"

설무백은 역시나 거두절미하고 말했다.

"병 지부께서 정서부(定西府)에 위치한 제형안찰사사의 주인인 신이보(申利普), 신 안찰사(按察司)와 동문이라고 들었습니다. 국자감(國子監)을 함께 다니셨고, 놀랍게도 두 분 모두 거감(擧監) 출신이시더군요."

국자감(國子監)은 종학(宗學)과 더불어 당대에서 최고로 치는 교육기관이었다.

다만 종학이 세자(世子)나 대신(大臣) 및 장군의 아들, 종실(宗室)의 자제들만이 다닐 수 있는 귀족 학교라면, 국자감은 태조가 건국을 위한 싸움으로 인해 쇠퇴해진 교육을 중흥시키기 위해서 모두에게 문호를 개방한 교육기관이라는 것이 달랐는데, 국자감의 거감은 바로 과거에 급제한 거인(擧人)을 의미했다.

지난날 제갈명이 말도 많고 탈도 많은 병무인이 난주에 부임한 이후 십 년이 넘도록 지부의 자리를 굳건히 꿰차고 있는 것은 생각 외로 매우 뛰어난 사람임을 대변하는 것이라고 말한 적이 있는데, 과연 그게 옳았던 것이다.

병무인이 계면쩍은 표정으로 웃으며 손을 내저었다.

"과분한 금칠입니다. 그저 인연이 닿았다고밖에는 말할 수 없을 정도로 재수가 좋았을 뿐입니다."

설무백은 싱긋 따라 웃으며 말했다.

"도지휘사를 얘기하다가 뜬금없이 제형안찰사 얘기가 나왔는데도 전혀 놀라지 않으시네요?"

병무인이 어색하게 웃으며 대답했다.

"이제야 설 대협께서 무슨 말을 하려는지 알 것 같아서 말입니다. 저희와는 다른 총학 출신인 섭(燮) 도사(都司) 얘기를 하시려는 거 아닙니까."

설무백은 병무인의 반응을 보고 이미 그럴 줄 짐작했기 때문에 곧바로 허심탄회하게 말했다.

"예, 그렇습니다. 그간 두 분의 노력을 압니다. 저에 대해 지대한 관심을 보이는 섭 도사를 어르고 달래서 뿌리치느라 고생이 아주 많으셨지요. 제가 그동안 그것을 알면서도 굳이 나서지 않았던 것은 두 분과 달리 섭 도사가 경사 응천부에 뿌리를 두고 있었기 때문입니다. 실로 일이 커지는 것을 저어했던 겁니다."

병무인의 안색이 변했다.

"하면……?"

설무백은 단호하게 말했다.

"이제 시대가 변했습니다. 아니, 변할 겁니다. 섭 도사의 배경이 제아무리 경사 응천부라고 해도 이제는 더 이상 신경 쓰지 않아도 된다는 얘기입니다. 해서, 내친김에 이렇게 지부 대인을 찾아온 겁니다. 미리 알리기는 해야겠기에 말입니다."

병무인이 단도직입적으로 물었다.

"그를 제거하실 작정이십니까?"

"그것만이 아니라……!"

설무백은 고개를 끄덕이는 것으로 수긍하며 엄중하게 덧붙였다.

"이제부터 두 분께서는, 아니, 경태부(景泰府)에 자리한 승선포

정사사의 좌우 포정사(布正使) 두 분까지 합해서 네 분께서는 앞
으로 경사 응천부는 물론, 북평과도 절대 공조하는 일 없이 완
전히 떨어진 독립을 해 주셔야겠습니다!"

철옹성鐵甕城 (3)

"……그것은 이 사람이 하고자 해서 할 수 있는 일도 아니거니와 하고 싶지도 않은 일입니다."

지부대인 병무인이 설무백의 제안을 듣기 무섭게 커진 눈으로 깊이 고개를 숙이며 내놓은 말이었다.

설무백은 냉정한 사고를 견지하며 물었다.

"이유를 물어도 될까요?"

병무인이 그와 시선을 맞추지 않으려는 듯 고개를 들지 않고 대답했다.

"제가 비록 어설픈 간신배로 살아남을지언정 제아무리 세상이 전란이나 사변(事變)으로 어지러워지더라도 아무런 명분도 없는 역신(逆臣)이 되고 싶지는 않은 작은 소망을 가지고 있기 때문입니다."

설무백은 절로 싱긋 웃었다.

거절을 위해서 내세운 명분치고는 참으로 가냘프다는 생각
이 들어서 스스로를 간신으로 칭하는 그와 어울렸다.

그는 그렇듯 웃는 낯으로 품을 뒤져서 두 개의 패를 꺼내 들
었다. 지난날 북평의 연왕이 건네준 오조룡의 용봉패와 경사 응
천부의 황제가 하사한 칠조룡의 용봉패였다.

"이거면 됩니까?"

병무인이 슬며시 고개를 들어서 설무백이 손에 들고 내민 두
개의 용봉패를 보고는 화들짝 놀랐다.

"아, 아니, 설 대협이 어, 어떻게 그, 그걸 가지고 있는 겁니
까?"

설무백은 자못 심드렁하게 되물었다.

"돼요, 안 돼요?"

병무인이 심각해진 표정으로 잠시 설무백의 시선을 마주하
다가 실로 어쩔 수 없다는 듯 한숨을 내쉬며 고개를 끄덕였다.

"가능하면 평생 위험부담 하나 없는 길만 걸으며 가늘더라도
길게 오래 살고 싶은 저의 소중한 꿈을 설 대협께서 망치시네요.
알겠습니다. 어쩔 수 없지요. 그리하겠습니다. 대신 부탁이 있습
니다."

"어떤 부탁요?"

"잠시 눈 좀 감아 주십시오."

"예?"

설무백은 어리둥절했다.

병무인이 어색한 미소를 지으며 그를 외면하고는 뒤쪽에 서 있던 대포두 언자추에게 시선을 주었다.

언자추가 무언가 알았다는 듯 한차례 고개를 끄덕이더니, 대 뜸 칼을 뽑고 나서서 병무인의 옆에 서 있던 배불뚝이 뚱보 사 내를, 바로 지부의 이인자인 동지 한보의 목을 베어 버렸다.

칵─!

뼈가 끊기는 섬뜩한 소음과 함께 한보의 머리가 바닥으로 떨 어지고, 뒤늦게 몸이 쓰러졌다.

바닥을 데굴데굴 구르는 한보의 얼굴은 여전히 눈을 뜨고 있 었다.

방금 자신에게 무슨 일이 벌어졌는지 모르는 눈이었다.

언자추의 칼질이 워낙 갑작스러운데다가 빠르고 예리해서 눈을 감을 여유조차 없었던 것이다.

설무백은 병무인과 언자추를 번갈아 보았다.

무슨 일인지 모르기는 그도 마찬가지였던 것이다.

병무인이 어색하게 웃는 낯으로 말했다.

"명색이 몇 년 동안이나 한솥밥을 먹고 지낸 사이인데, 고작 지부의 문건과 관내의 동향 좀 외부에 팔아먹었다고 내칠 수는 없었습니다. 하지만 이제 상황이 달라졌으니, 정리할 것은 정리 하고 넘어가야 하지 않겠습니까."

"그건 또 모르고 있었네요."

설무백은 이제야 이해하고는 재우쳐 물었다.

"응천부 쪽이겠죠?"

병무인이 고개를 끄덕이며 대답했다.

"잘은 모르겠지만, 사례감의 정 태감 쪽에서 뿌린 씨앗이 아닌가 추측하고 있습니다. 괜히 긁어 부스럼 만들 필요가 뭐 있나 싶어서 그냥 지켜보고 있었습니다."

설무백은 납득하는 표정으로 고개를 끄덕이다가 슬쩍 고개를 돌려서 추관 이서광을 바라보았다.

이서광이 펄쩍 뛰며 손사래를 쳤다.

"저, 저는 아닙니다!"

병무인이 가볍게 웃는 낯으로 나서서 이서광을 변호했다.

"이 추관은 국자감 시절부터 제 곁에 머문 사람입니다. 하물며 한보의 외도를 처음 발견해서 제게 알려 준 사람이 이 추관입니다."

"그냥 한번 쳐다본 거예요."

설무백은 머쓱하게 웃는 낯으로 변명하며 돌아섰다.

병무인이 그의 제안을 수락한 이상 지부에서 볼일은 더 이상 없었다. 이제 남은 것은 백은부에 있는 도지휘사사의 섭 도사를 처리하는 것뿐이었다.

그때 병무인이 급히 말문을 열어서 그의 발길을 잡았다.

"한 가지 부탁이 더 있습니다."

설무백은 발길을 멈추며 돌아섰다.

병무인이 공손히 손을 모으고 말했다.

"섭 도사에 대한 처리를 한번 재고해 주십시오."

설무백은 예기치 못한 말이라 절로 고개를 갸웃거렸다.

"그럴 만한 이유가 있나요?"

병무인이 말했다.

"섭 도사가 비록 저와 다른 종학 출신이고, 경사 응천부에 뿌리를 두고 있다고는 하나, 정 태감의 사람은 아닙니다. 오히려 그 반대입니다. 대외적으로는 중도를 표방하고 있지만, 실제는 정 태감의 행실을 극히 혐오하는 사람입니다."

"황제 폐하만을 위하는 신하라는 건가요?"

"뭐, 그 정도까지는 아니지만……."

병무인이 설명하기 난감하다는 듯한 표정을 짓다가 이내 작심한 얼굴로 말을 이었다.

"의외로 제가 그 친구를 좀 압니다. 정 태감의 청탁을 받았음에도, 그리고 마음만 먹으면 얼마든지 저나 신 안찰사의 말을 무시하고 직접 난주의 상황을 살필 수 있음에도 그러지 않고 지금껏 넘어갔습니다. 황제 폐하만을 위하는 진정한 신하인지 아닌지는 몰라도, 적은 아니라는 얘기지요."

설무백은 수긍했다.

자세한 내막은 몰라도, 정사품의 벼슬아치인 지부가 능히 고관대작에 끼는 정이품의 벼슬아치인 도사에게 '그 친구'라는 말

을 하는 것부터가 그들, 두 사람의 사이를 짐작할 수 있는 대목
이었다.

사정이 그렇다면 더 들어 볼 것도 없었다.

"그럼 같이 가요."

병무인이 잠시 눈을 끔뻑이다가 이내 알아듣고는 반색하며
나섰다.

"즉시 마차를 준비하겠습니다!"

"아니, 그럴 필요 없습니다."

"예? 헉!"

설무백은 어리둥절하는 병무인을 다짜고짜 어깨에 짊어졌
다.

"이게 더 빨라요."

"아니, 저기, 아무리 그래도……!"

"잠깐 눈 감고 있어요."

설무백은 당황해서 어쩔 줄 몰라 하는 병무인의 반응을 대
수롭지 않게 웃어넘기며 밖으로 나섰다.

언자추가 다급히 뒤를 따르며 물었다.

"제가 따라가도 될까요?"

아무래도 상관인 병무인의 안위를 생각해서 나서는 것 같았
다.

설무백은 대수롭지 않게 승낙했다.

"뭐, 따라올 수 있으면."

그리고 내달렸다.

순간적으로 그의 신형이 사라졌다.

언자추가 따라가기는커녕 설무백이 어느 방향으로 사라졌는 지조차 간파하지 못한 채 그 자리에 서서 넋을 놓고 있었다.

감숙성의 도지휘사사가 자리한 백은부는 난주에서 가장 가까운 도시지만, 거리는 어림잡아도 육백 리가 넘었다.

관도를 타고 쉬지 않고 말을 달려도 족히 한나절 이상은 걸리는 그 거리를 설무백은 불과 반 시진 남짓한 시간 만에 주파했다.

그나마 병무인을 배려해서 달린 것이 그 정도였다.

만에 하나 설무백이 전력을 다했다면 백은부의 중심에 자리한 도지휘사사의 문전에 도착한 병무인은 고작 몇 번의 토악질과 반식경의 안정만으로 넘어가지 못했을 터였다.

물론 병무인은 그것만으로도 충분히 지옥을 경험한 듯 설무백에게 통 사정했지만 말이다.

"내 평생 새보다 빨리 날아 볼 줄이야…… 헥헥! 부디 돌아갈 때는 제가 알아서 갈 테니 절대 신경 쓰지 마시길……!"

설무백은 어쩔 수 없이 그렇겠다고 승낙했다.

도지휘사사 안으로 들어가자고 내민 그의 손짓만 보고도 경

기를 일으키려는 병무인의 태도를 보자 승낙하지 않을 도리가
없었다.

"그래도 한 번은 더……!"

"예?"

"아직 섭 도사가 어떤 결정을 내릴지 모르는 이상, 지부의 행
자는 비밀에 붙이는 게 좋지요."

"아……!"

병무인은 사정을 수긍하며 땅이 꺼져라 한숨을 내쉬고는 그
야말로 지옥 문턱에 선 사람처럼 체념하는 얼굴로 눈을 감으며
고개를 끄덕였다.

설무백은 지체 없이 그런 병무인을 재빨리 어깨에 짊어지고
신형을 날렸다.

도지휘사사의 높은 담과 영내를 구성하는 크고 작은 전각
들, 그리고 드넓은 정원이 순식간에 그의 발아래로 달렸다.

속도만 빠른 것이 아니라 고도의 은신술을 내포한 경공이라
도지휘사사의 영내를 지키는 그 어떤 경계의 눈도 그의, 아니,
그들의 방문을 감지하지 못하고 있었다.

그리고 이번에는 잠시의 비행이라 병무인도 큰 탈 없이 넘
어갔다.

비록 도지휘사의 관사인 도사 섭원지(燮原志)의 침실 앞에 도
착하자마자 새파랗게 질린 얼굴로 속이 메스껍다며 빨리 내려
달라고 재촉하긴 했지만, 막상 내려서서는 앞서처럼 토악질을

하지는 않았다.

물론 그리 수선을 떠는 바람에 관사를 지키던 경계병들에게 발각되기는 했지만, 그건 크게 문제 될 것이 없었다.

설무백이 이미 타의 주종을 불허할 정도의 경지에 올라선 지 공인 무극지를 발휘해서 다가서는 경계병들은 말할 것도 없고, 관사 주변을 지키던 경계병들까지 모두 다 수혈을 짚어서 깊은 잠에 빠트렸기 때문이다.

설무백이 그렇게 주변을 정리하고 나서 병무인과 함께 도사 섭원지의 침실로 들어갔을 때, 이채롭게도 섭원지는 잠에서 깨어나서 앉은 채로 그들을 기다리고 있었다.

섭원지가 자고 있다가 깨어났다는 것은 잠옷 차림인 모습이, 그리고 그들을 기다리고 있었다는 것은 시퍼런 서슬을 드러낸 채 그의 손에 들린 장군검이 알려 주었다.

그 상태로, 그는 병무인을 알아보며 이게 뭔가 하는 표정이다가 이내 설무백에게 시선을 고정하고는 히죽 웃는 낯으로 말했다.

"오라, 자네가 풍잔의 주인인 설무백인가 보군. 그렇지?"

설무백은 대답을 뒤로 미룬 채 섭원지를 살펴보았다.

창가에 놓인 작은 다탁의 의자에 앉은 채 수중의 장군검으로 그를 가리키고 있는 섭원지는 비록 체구는 작고 호리호리하지만 뚜렷한 이목구비와 성난 것처럼 위로 치켜 올라간 두 눈썹의 조화가 당당하다는 느낌을 주는 사내였다.

특히 인상적인 것은 선명하게 빛나는 두 눈이었다.

그리 뛰어난 무공을 익힌 것 같지는 않는데, 선명하게 맑은 눈빛이 강렬한 느낌을 주었다.

한마디로 나약한 문사처럼 보이는 외모와 어울리지 않게 불타는 듯 강렬한 눈빛을 가진 사내라는 것이 바로 설무백이 느낀 감숙성의 도사 섭원지의 첫인상이었다.

마음에 들었다.

첫인상이 모든 것을 결정지을 수는 없지만, 많은 부분을 차지하는 것만큼은 엄연한 사실이었다.

"대화가 통할 것 같은데, 우리 잠시 얘기 좀 나눕시다."

섭원지가 정말 흥미로워서 관심이 간다는 눈빛으로 설무백을 바라보며 고개를 갸웃거렸다.

"대화가 통할 것 같으니 얘기를 나누자? 거참 묘한 녀석이네?"

그는 대뜸 병무인에게 시선을 돌리며 따졌다.

"애 뭐냐? 겁이 없는 거냐? 아니면 좀 모자란 애냐? 대체 왜 이 시간에 애를 내게 데려온 거야?"

병무인이 화들짝 놀라며 설무백의 눈치를 보고는 이내 쌍심지를 곤추세우며 섭원지를 구박했다.

"겁은 네가 없다 정말! 야, 너 내가 전에도 말했지? 오래 살려면 말 좀 가려서 하라고? 그리고 너 전부터 내게 무공 깨나 익혔다고 자랑하며 으스댔잖아? 그런데도 지금 전혀 감이 오지

천외천의
주인

않냐?"

"감이라니? 무슨 감?"

"감! 느낌 말이야, 느낌!"

섭원지가 반문하기 무섭게, 병무인이 다시 면박을 주고 있었다.

설무백은 그런 그들의 태도에 내심 적잖게 놀랄 수밖에 없었다.

병무인의 말을 듣고 병무인과 섭원지가 보통 사이는 아닐 것이라고 예상은 했지만, 실로 이 정도일 줄은 미처 몰랐다.

이제 보니 병무인과 섭원지는 두 단계나 되는 품계의 차이에도 불구하고 서로가 서로에게 아무렇지도 않게 대놓고 반말로 면박을 주고받을 수 있는 사이였던 것이다.

설무백은 한결 느긋해져서 마음 편하게 두 사람의 다툼을 지켜보았다.

"그러니까, 무슨 느낌!"

"어이가 없다 정말! 너 무공깨나 익혔다는 거 다 뻥이었지?"

"뻥 아냐! 내가 지금 이렇게 칼을 뽑아 들고 기다린 거 보면 모르겠냐?"

"그럼 하나만 알고 둘은 모르는 멍청이라는 거네."

"뭐, 멍청이? 너 말이면 다인 줄 알아!"

"그래, 말이면 다 하는 줄 안다. 그러니까 너 한번 잘 들어봐. 대체 무공이라고는 일초반식도 모르는 내가 지금 이 시간에 여기 와서 너를 마주하고 있는데, 왜 아무도 나타나지 않고, 또 밖은 왜 이리 조용한 것 같으냐?"

"......!"

섭원지가 이제야 깨달은 듯 움찔하더니, 이내 병무인을 향해 벌컥 화를 냈다.

"아, 씨, 네놈 때문이야! 네놈의 면상 보고 이게 무슨 일인가 싶어서 놀라느라 그걸 깜빡 잊고 있었잖아!"

병무인은 정말이지 어처구니가 없다는 모습으로 섭원지를 손가락질하며 설무백을 향해 말했다.

"저기, 설 대협. 됐으니까, 저놈 죽여 버리고 그냥 갑시다."

당연하게도 병무인의 말은 진심이 아니었고, 섭원지 또한 더는 그대로 우기거나 억지를 부리지 않았다.

초록은 동색이라더니, 섭원지는 병무인만큼이나 변화무쌍한 성격의 소유자였다.

"대화를 나누려면 아무래도 차가 필요하겠지......요? 설 대협?"

이윽고, 차가 준비되고, 대화가 시작되었다.

대화는 설무백의 방식대로 단순하게 있는 그대로의 상황을 설명하고 필요한 것을 요구하는 방식으로 진행되었다.

섭원지는 매우 순조로운 대화 속에 설무백의 제안을 수용했다.

철옹성鐵甕城 (4)

설무백이 돌아왔을 때, 풍잔의 거의 모든 요인들은 취의청에
모여 있었다.

거처에서 기다리던 공야무륵과 요미 등에게 타박이나 욕보
다도 더 울화를 억누르는 표정과 따가운 눈초리로 면박을 당하
며 그 얘기를 들은 설무백은 곧바로 취의청으로 가서 먼저 자
신이 잠시 자리를 비운 이유부터 설명해 주었다.

처음에는 다들 반신반의, 제대로 믿지 않는 눈치였다.

당연한 반응이었다.

아직도 동녘이 캄캄한 밤이었다.

설무백이 자리를 비운 시간이 고작 두 시진 정도밖에 안 됐
다는 뜻이었다.

불과 두 시진만에 육백 리가량이나 떨어진 백은부의 도지휘
사사를 다녀왔다는 말을, 그것도 지부대인까지 데리고 가서 도
사와 이런저런 얘기를 나누고 왔다는 소리를 어떻게 선뜻 믿을
수가 있을 것인가.

그러나 믿지 않을 수도 없었다.

설무백은 거짓말을 할 사람이 아니었다.

"그게, 그러니까······."

믿을 수도 없고 믿지 않을 수도 없는, 그렇다고 대놓고 물어
보자니 불신을 드러내는 것 같아서 선뜻 그럴 수도 없이 애매해
진 장내의 분위기 속에서 제갈명이 물꼬를 트듯 확인했다.

"정말 그랬다는 거죠?"

설무백은 괜한 얘기로 시간을 허비하고 싶지 않아서 짐짓 냉
정하게 반문했다.

"지금 다들 여기 모인 이유가 그건가?"

장내의 분위기가 싸하게 변했다.

"당연히 아니죠."

제갈명이 눈치 빠르게 말문을 돌렸다.

"에, 그럼 본론으로 들어가서, 요동치던 하늘의 기운은 보시
고 움직인 것으로 압니다. 그게 천제지변을 알리는 하늘의 계시
인지 아닌지는 모르겠지만, 주군께서 잠시 자리를 비우신 사이
에 풍밀각(風密閣)이 아주 난리도 아니었습니다."

풍밀각은 지난번 제갈명이 주도한 풍잔의 조직 개편에 따라

외부의 정보를 수집하는 활동을 하는 조직이며, 하오문과 긴밀한 연락망을 구축하고 있는데, 사문지현이 각주로 정해졌다.

설무백은 제갈명의 말을 듣자마자 사문지현을 바라보았다.

사문지현이 기다렸다는 듯 자리에서 일어나며 입을 열었다.

"지금까지 들어온 흑정구(黑頂鳩)가 벌써 오십 마리를 넘겼습니다. 전부 다 대지급(大至急)을 표시한 흑정구인데, 여전히 반 식경 주기로 서너 마리씩 계속 들어오고 있습니다."

흑정구는 풍잔이 대량으로 구입해서 일견도인의 각별한 조련 아래 풍잔의 전용으로 사용하고 있는 전서구였다.

일견도인이 여타 전서구와 구별하자는 의미로 조련하는 와중에 비둘기의 머리 중앙에 검은 점을 찍어 놓고 흑정구라 이름붙인 것이다.

"지금까지 들어온 내용을 살펴보면 중원 무림 전역에 걸쳐서 사십여 개의 중소 무가와 또한 그만큼의 무림 방파가 멸문지화를 당했거나 그에 준하는 피해를 입고 뿔뿔이 흩어졌다는 소식입니다."

"불과 지난 서너 시진 사이에 말이지?"

"예, 그렇습니다. 거의 같은 시간에 동시다발적으로 벌어진 사태라고 보면 될 것 같습니다. 정확한 동향을 알려면 조금 더 기다려 봐야 할 테지만, 지금까지 계속해서 들어오는 흑정구의 내용도 거의 대동소이하니, 틀림없습니다. 과거 혈교의 준동보다도 더한 사태가 벌어진 겁니다."

"음!"

장내가 무거운 침묵 속에 술렁였다.

제갈명과 사문지현이 설무백을 기다리느라 대지급에 관한 내용을 함구하고 있어서 장내의 모든 사람들도 지금 처음 듣는 얘기인지라 적잖게 동요하고 있었다.

그러나 설무백은 냉정을 잃지 않았다.

천랑성의 기운이 자미성을 침범하는 것을 보고 환란의 시대가 도래했음을 직감한 그 순간부터 그는 이미 작금의 상황을 예상하고 있었기 때문이다.

그리고 그런 그의 태도가 장내의 분위기를 주도했다.

장내의 분위기가 그와 동화되는 것처럼 서서히 차분하게 가라앉고 있었다.

설무백은 묵묵히 그때까지 기다렸다가 여전히 일말의 감정도 동요하지 않는 눈빛으로 사문지현을 바라보며 물었다.

"구대 문파나 팔대 세가에 대한 내용은 아직 없나?"

사문지현이 고개를 저으며 대답했다.

"없습니다."

그녀는 재우쳐 물었다.

"'아직'이라고 말씀하시는 것을 보니, 주군께서는 그들 역시 피해 갈 수 없는 상황으로 보시는 거겠죠?"

설무백은 굳이 부정하지 않으며 말했다.

"다들 나름 저력이 있으니 당장에 멸문지화를 당하지는 않겠지. 하지만 그리 오래 버티지도 못할 거야."

검노가 직접적으로 구대 문파가 언급되자 못내 신경이 쓰인 듯 조심스럽게 의혹을 제기했다.

"무가들이야 몰라도, 구대 문파는 아니질 않소? 무림맹이라는 이름 아래 하나로 힘을 합쳤음에도 그리 본다는 것은 조금 과한 것이 아닌지……?"

설무백은 검노만이 아니라 모두에게 들으라는 듯이 장내를 둘러보며 냉정하게 말했다.

"제가 무림맹이 구축되기를 바라고 남모르게 주제넘은 참견까지 했던 것은 구대 문파가 제대로 힘을 합치면 혹시나 저들의 발호를 막을 수 있지 않을까, 혹은 적어도 버틸 수는 있지 않을까 하는 바람에서였습니다. 그런데 제가 너무 늦었습니다. 저들의 발호가 너무 빠릅니다. 무림맹은 아직 내부의 악재조차 해결하지 못했는데 말입니다."

실로 그랬다.

설무백은 내심 자신이 기억하는 전생의 기억과 지금 돌아가는 역사의 흐름이 다르다는 것을 충분히 인식했고, 그래서 매사에 서둘렀다.

무림맹도 그런 그의 마음가짐 중의 하나였는데, 마치 그의 대응을 비웃기라도 하듯 저들 마교의 발호가 즉, 환란의 시대가 앞당겨졌다.

통탄스럽게도 그 바람에 무림맹은 내부의 간세조차 색출해

내지 못한 상태로 적을 맞이해야 하고, 또한 가슴 아프게도 그 바람에 이제 그가 나름 어떻게든 중원 무림의 힘을 하나로 뭉쳐 보려고 안배한 무림맹의 백선이나 흑도천상회의 흑선마저도 쓸데없는 헛고생이 되어 버린 것이다.

사태를 수긍한 듯 잠시 침묵하던 검노가 불쑥 제안했다.

"우리가 무림맹을 지원하면 어떻겠소?"

"그건 절대 안 될 말입니다!"

설무백이 말하기도 전에 제갈명이 날카롭게 반대 의사를 내놓았다.

검노를 비롯한 좌중의 시선이 쏠리자, 제갈명이 예리하게 부연했다.

"작금의 무림맹은 아직 제대로 된 체계조차 잡혀 있지 않습니다. 그저 자신들의 우월함을 증명하고 싶은 서로 다른 힘이 뭉쳐있는 세력에 불과합니다. 그리고 그들은 말할 것도 없고, 우리도 아직 그들의 내부에 존재하는 간세를 색출하지 못했습니다. 그런 그들과 함께하는 건 썩은 환부를 도려내지 않고 맨살을 부비는 것과 다름없고, 우리의 힘만 적에게 노출하는 자충수와 다름없습니다."

"……."

검노가 묵묵히 고개를 끄덕이며 함구했다.

못내 아쉬운 기색이 남아 있긴 했으나, 제갈명의 설명을 제대로 이해하고 물러나는 모습이었다.

제갈명이 그런 검노의 아쉬운 기색마저 지우고 싶은지 설명을 추가했다.

　　"주군께서 여기 난주를 경사 응천부는 물론, 북평왕부와의 교류마저 차단하고 철저하게 고립시킨 이유가 그 때문인 겁니다. 강호 무림만이 아니라 황궁과 황실, 관부에도 저들의 간세가 뿌리박혀 있기에 난주만이라도 청정 지역으로 유지하려는 거지요. 내우(內憂)가 없어야 외환(外患)을 잡을 게 아니겠습니까. 이는……!"

　　"됐으니까, 그만하지?"

　　설무백은 제갈명의 말이 길어지자 슬쩍 말을 끊었다.

　　아무리 봐도 그대로 두었다가는 검노의 주먹질에 한 대 맞을 것 같았다.

　　검노가 진즉부터 곱지 않은 눈초리로 제갈명을 노려보고 있었다.

　　"예? 제 말이 틀렸나요?"

　　제갈명이 어리둥절한 얼굴로 반문하며 설무백을 쳐다보았다. 갑자기 말을 끊어서 기분이 상한 눈빛이었다.

　　설무백은 여전히 곧 죽어도 때와 장소, 상대를 가리지 않는 제갈명의 도드라진 성격에 내심 고소를 금치 못하며 자못 사납게 눈총을 주었다.

　　"틀린 말은 아닌데, 그러다 쳐맞을까 봐 그러지."

　　"……!"

제갈명이 그제야 검노의 눈초리를 보고는 조개처럼 입을 다물며 슬며시 물러나서 자리에 앉았다.

설무백은 반대로 자리에서 일어나며 말했다.

"다른 걸 다 떠나서, 그들, 구대 문파가 제 말을 믿지도 않을 테고, 따르지도 않을 겁니다. 저 같은 애송이의 말을 믿고 따르기에는 천년을 넘게 이어 온 전통과 자존심이 용납하지 않을 테니까요."

"음!"

검노가 이제야말로 납득할 수 있다는 표정으로 침음을 흘리며 고개를 끄덕였다.

그 역시 아무리 생각해도 구대 문파가 설무백의 말을 믿고 따르는 그림은 전혀 그려지지 않는 것이다.

설무백은 마음을 다잡고 좌중을 둘러보며 다시금 말문을 열었다.

"그리고 솔직히 말해서 제가 전날 군이 소림사까지 찾아가서 무림맹 결성을 종용한 것은 구대 문파가 힘을 합치면 저들의 발호를 막을 수 있다고 생각했기 때문이 아닙니다. 그저 구대 문파가 조금 더 오래 버틸 수 있다는 생각을 했을 뿐입니다."

장내가 찬물을 끼얹은 것처럼 조용해졌다.

제아무리 상대가 마교라고 해도 구대 문파의 저력을 이렇게까지 무시하는 사람은 없을 것이었다.

설무백은 그런 장내의 분위기에 아랑곳하지 않고 계속 말했다.

"그런데 그마저 제가 늦은 겁니다. 저들, 마교의 발호가 저의 생각보다 더 빨랐던 것이고, 또한 저들이 구대 문파가 힘을 합쳐도 겨우 조금 더 버틸 정도라고 평가한 저의 생각보다 더 강하다는 의미도 됩니다."

"……!"

"그러니 이제 모든 것을 배제하고 우리 풍잔의 힘만으로 저들을 상대할 마음을 먹어야 할 것 같습니다. 다행히 우리는 그동안 그에 대한 대비도 차근차근해 왔으니까 말입니다."

"……?"

"아, 물론 제 말은 구대 문파를 포함한 여타 강호방파와 완전 담을 쌓겠다는 소리가 아닙니다. 공조는 합니다. 다만 그 공조는 우리가 도움을 받기보다는 거의 일방적으로 도움을 줘야 하는 상황이라는 점을 감안해서 드리는 말씀일 뿐입니다. 그리고 그런 차원에서 저는 우선 여기 난주를 철옹성으로 만들 생각입니다."

설무백의 시선이 제갈명의 곁에서 습관처럼 새침한 모습으로 앉아 있는 제갈향에게 돌아갔다.

"내가 전에 부탁한 거 어떻게 됐지?"

제갈향이 슬쩍 사문지현을 일별하며 말했다.

"사문 언니의 도움을 받아서 조사해 본 결과 난주성의 동서남북, 사대문으로 진입하는 길목을 제외한 나머지 외곽 지역 전부를 다 기문진으로 막아 버리는 것이 가능할 것도 같아요. 단, 두 군데 구멍은 불가피해요."

"어디?"

"동서와 남북 사이의 길목요."

"강인가?"

"강이라기보다는 수로라고 봐야죠. 동서 사이로 들어와서 남북 사이로 나가는 수로요. 거기 수로를 낀 길목은 지형적으로 기문진을 설치하기 난해해요. 아주 못하는 건 아닌데, 물살이 꽤 빠른 편이라 계속해서 지형이 바뀌는 구조라 기문진을 설치해도 다른 지역과 같은 효과를 기대하긴 어려울 거예요."

"좋아, 그 정도면 충분해!"

설무백은 대단히 만족하며 물었다.

"당장 시작하면 어느 정도나 거릴 것 같아?"

"그거야 뭐 몇 명이 달라붙느냐에 따라 달라질 문제죠."

어깨를 으쓱하며 대답한 제갈향이 이내 다부진 표정으로 잘라 말했다.

"힘 좀 쓰는 장정 오십 명만 붙여 줘요. 그럼 닷새 안에 끝낼 게요."

설무백은 고개를 저으며 말했다.

"백오십 명 붙여 주지! 대신 이틀 안에 끝내!"

제갈향이 비틀린 미소처럼 묘하게 웃는 낯으로 설무백을 쳐다보고 고개를 끄덕였다.

"아, 이런 성격이시구나."

설무백은 무심하게 답변을 재촉했다.

"할 수 있어, 없어?"

제갈명이 자리를 털고 일어났다.

"서두르는 것을 보니, 아무래도 지금 당장 시작해야겠네요."

설무백은 픽 웃는 낯으로 제갈명에게 시선을 주며 지시했다.

"어서 구해 줘. 힘 좀 쓰는 애들로 백오십 명."

"예예."

제갈명이 여부가 있겠냐는 표정으로 한숨을 내쉬는 것처럼 대답하며 자리를 털고 일어나 제갈향을 데리고 밖으로 나섰다.

그때 그들이 밖으로 나가려고 연 문을 통해서 다급히 안으로 뛰어 들어오는 사내가 있었다.

"뭐야?"

사문지현이 나섰다.

헐레벌떡 안으로 뛰어 들어온 사내가 바로 풍밀각에서 그녀를 보좌하고 있는 토옹이었기 때문이다.

"아, 그게……!"

토옹이 다급한 마음에 뛰어 들어오긴 했으나, 막상 설무백을 비롯한 풍잔의 요인들 앞이라 절로 주눅이 들었는지 소침해진 모습으로 보고했다.

"저, 점창파가 공격당하고 있답니다!"

사문지현의 보고는 사실이었다.

풍잔으로는 반 식경 주기로 서너 마리가량의 풍잔 전용 전서 구인 흑정구가 날아들고 있었다.

평시 많아도 하루에 다섯 개를 넘지 않았다는 점을 감안하면 그야말로 폭주와 다름없었다.

그리고 거의 모든 흑정구들은 동산(東山)과 서호(西湖), 남원(南園), 북정(北庭)이라는 이름인 하오문이 가진 중원의 네 개 비밀 본부에서 보내온 것이었다.

설무백이 정식으로 표명은 하지 않았으나, 하오문은 이미 오래전부터 풍잔의 정보 조직으로 자리매김하고 있었던 것이다.

다만 점창파의 소식은 하오문에서 보낸 것이 아니었고, 하물며 흑정구가 가져온 소식도 아니었다.

일반적으로 비둘기보다 머리가 좋고 힘도 세서 상대적으로 먼 거리를 빨리 날아갈 수 있지만, 너무 비싼 가격으로 인해 좀처럼 비익전서(飛翼傳書)로는 사용하지 않는 해청(海靑)이 가져온 대지급이었으며, 보는 이는 바로 흑상지(黑商蜘)였다.

다른 사람들은 몰라도 설무백를 비롯한 풍잔의 요인들은 흑상지가 누구고, 뭐 하는 사람인지 익히 잘 알고 있었다.

이름만 들어도 누구나 다 충분히 유추할 수 있듯 흑상지는 바로 검은 상인들의 집단인 흑점이 중원의 동향을 살피기 위해 운영하는 정보 조직이었기 때문이다.

설무백은 적어도 정보에 관해서만큼은 사전에 이미 하오문만이 아니라 흑점과의 연계도 구축해 놓았던 것이다.

오늘 그 성과가 제대로 드러난 셈인데, 그 덕분에 설무백을 비롯한 풍잔의 요인들은 강호 무림의 사태가 생각보다 더 빠르고 심각하게 돌아가고 있다는 사실을 다른 누구보다도 먼저 알게 되었다.

특히 구대 문파의 하나인 점창파의 상황이 정점이었다.

흑점의 흑상지가 보내온 점창파에 대한 대지급은 반 식경 동안 세 차례에 걸쳐 도착했다.

첫 번째 대지급은 점창파가 누군지 모를 세력에게 공격을 받고 있다는 것이고, 두 번째 대지급은 점창파의 영내가 불타고 있다는 것이었다.

세 번째이자 마지막으로 전해진 대지급은 점창파의 영내가 잿더미로 변했다는 소식이었다.

어쩌면 이건 이미 점창파가 누군지 모를 세력에게 공격을 받고 있다는 첫 번째 대지급이 전해졌을 때부터 이미 예견된 상황일지도 몰랐다.

점창파는 지난날 천사교의 급습을 받아서 장문인인 소양산인과 팔대 장로 중 여섯이 사망하는 등, 거의 괴멸 수준의 막대한 피해를 입고 본청을 버렸던 적이 있었다.

당시 제자들을 이끌고 탈출했던 점창신검 우송과 사일검객 유표 등이 무림맹의 도움을 받아서 다시 지금의 본청을 수복한지 이제 고작 일 년을 조금 넘겼을 뿐이었다.

그런데 다시금 자신들의 영지가 불타서 잿더미로 변하는 수

모를 당했다는 것인데, 이건 실로 재기불능의 상황이 아닐 수 없었다.

명실공히 마교의 힘을 천하에 공표하는 신호탄인 것이다.

'강호 무림이 크게 격동할 수밖에 없다!'

설무백은 고민에 빠졌다.

'어디부터 손을 대야 하지?'

"왜 이렇게 늦었어?"

무림맹의 영내에 있는 여덟 개의 별채 중 북쪽에 위치한 별채인 창궁원(蒼穹園)의 앞마당 정원에 자리하고 있는 연못가의 정자였다.

정자에 끝자락에 앉아 있던 남궁유화는 정원으로 들어서는 남궁유아를 발견하고는 펄쩍 뛰다시피 해서 맞이하며 묻고 있었다.

"늦을 만하니까 늦었지."

"그래서 어떻게 됐어?"

"어떻게 되긴 뭐가 어떻게 돼? 짐작대로 아주 빡빡하시다. 내 말이 아주 씨알도 안 먹힌다, 젠장!"

"얘기는 전한 거지?"

"전하기야 했지. 근데, 영……!"

남궁유아가 거듭 부정적인 눈빛을 드러내며 고개를 절레절레 흔들었다.

"막무가내로 어른들 일에 참견하지 말고 조용히 기다리라고 하시는 걸 보면, 가망 없어 보인다."

남궁유화는 난감한 표정으로 손톱을 깨물며 중얼거렸다.

"다 가면 안 되는데, 욕을 먹더라도 무림맹에 남아 있던 점창파의 인원만 가야 하는데……!"

남궁유아가 그런 그녀를 잠시 물끄러미 바라보다가 불쑥 물었다.

"너는 정말 확신하고 있는 모양이구나? 전력이 빠져나가면 놈들이 무림맹을 노릴 거라고?"

남궁유화는 걱정스럽게 대답했다.

"지금 돌아가는 상황으로 봐서 이런 기회를 놓칠 자들이 아니야. 어쩌면 애초에 노리고 그랬을 수도 있고."

"에이, 설마……!"

"설마가 아니야. 언니도 한번 생각해 봐. 정예들이나 주력을 무림맹으로 보낸 방파들은 거의 건드리지 않고, 무림맹과 상관이 없거나 있어도 병력을 지원하지 않은 방파만 노렸어. 과연 이게 우연일까?"

"그야 우연으로 보긴 어렵지만, 그렇다고 그것만 가지고 무림맹을 노리기 위해서 그랬다고 보기에는……."

"아니, 틀림없이!"

남궁유화는 힘주어 단정했다.

"겁을 주는 거야. 다음이 너희들 차례라고. 그렇게 사전 포석을 깔아 놓고 자신들에게 그럴 만한 힘이 있다는 것을 보여주기 위해서 크게 한 방, 바로 구대 문파의 하나인 점창파를 쳐서 초토화시킨 거지."

"점창파는 저번 천사교의 공격으로 이미 쇄락해서……!"

"쇄락해서 힘이 다했건 말건 그런 건 전혀 중요하지 않아. 점창파가 구대 문파의 하나라는 사실이 중요할 뿐이야. 점창파를 친 그들에게나 그 모습을 지켜보는 강호 무림은 말이야."

그녀는 새삼 고개를 저으며 걱정스럽게 중얼거렸다.

"……막아야 해. 그래서 할아버지가 맹주님의 의견에 동의해 줘야 하는데……!"

남궁유아가 가만히 그녀의 어깨를 두르려 주며 다독였다.

"일단 진정하고 기다려 보자. 맹주님이 네 말에 동의했다고 하니, 아직 어떻게 될지 모르는 거잖아."

"아니, 이러고 있을 때가 아닌 것 같아."

남궁유화는 거듭 고개를 저으며 정자 밖으로 나섰다.

"구대 문파의 하나가 무너졌어. 전례에 없는 일에 다들 불안할 거야. 누구든 그럴 만한 위치를 가진 분의 동의가 있어야해. 안 그러면 다들 자파의 안위를 걱정하느라 다른 생각은 못하고 서로 휩쓸려서 맹주님의 의견을 외면할 테고, 그럼 끝장이야. 일단 크든 작든 무림맹이 당하게 되면 누구도 다시 모일 생각을 못하게 될 테니까!"

남궁유아가 서둘러 남궁유화를 잡아챘다.

"야, 지금 가서 어쩌려고? 벌써 회의 끝났을 수도 있어. 그런 결정은 또 빨리 나잖아."

남궁유화는 오히려 남궁유아의 손을 잡고 끌었다.

"그러니까, 빨리 가 봐야지. 언니도 같이 가. 같이 가서 안면 몰수하고 미친년처럼 춤을 춰서라도 우선 판부터 깨고 보자. 도와줄 거지? 응?"

남궁유아가 대뜸 버럭 했다.

"야, 너 애 엄마가 무슨 그딴 소리를……! 그렇게 젖이 탱탱 불은 몸으로 가긴 어딜 간다고 그래! 이제 그만 신경 끄고 어서 애 젖이나 먹여!"

"……?"

남궁유화가 잠시 모든 행동을 멈춘 채로 삐딱하게 남궁유아를 바라보았다.

"뭐야? 대체 뭐가 어떻게 됐기에 이래?"

남궁유아가 한숨을 내쉬었다.

남궁유화가 다그쳤다.

"빨리 안 불어?"

남궁유아는 그제야 남궁유화의 한 손을 대뜸 두 손으로 움켜잡고 깊이 고개를 숙이며 사과했다.

"미안하다. 벌써 회의 끝났고, 이미 다 그렇게 결정됐다."

"뭐, 뭐라고?"

남궁유화는 어처구니가 없다는 눈빛으로 남궁유아를 바라보았다.

남궁유아가 고개를 들고 어색한 미소를 흘리며 말했다.

"내가 그래서 늦은 거야. 통사정을 하는데도 할아버지가 너무 매몰차게 구셔서 어른들 모이시는 대청까지 따라가며 설득했지만, 결국 그렇게 됐다. 혹시나 하고 밖에서 기다렸는데, 일각도 안 돼서 바로 끝나더라. 일단 다들 일부만 남겨 두고 자파로 돌아가서 방비 대책을 세워 놓은 다음, 다시 일부 정예를 지원하는 것으로. 그야말로 일사천리로 결정된 거지."

남궁유화는 안색이 싸늘하게 변해서 남궁유아의 손을 뿌리치며 돌아서서 뛰었다.

남궁유아가 재빨리 그런 그녀의 소매를 낚아챘다.

"야, 애 두고 어딜 가?"

"잠시면 돼. 마침 유모가 보고 있으니까."

"그래서 잠시 동안 뭘 어쩌려고?"

"맹주님을 만나 봐야겠어!"

"왜?"

"확인하려고."

"뭘?"

"맹주님이 나를 기만한 건지 아닌지! 그게 아니면 이렇게 빨리 끝날 수는 없는 일이야!"

남궁유아는 실로 어쩔 수 없다는 한숨을 내쉬며 남궁유화의 손목을 놓아주었다.

남궁유화가 돌아서서 내달렸다.

남궁유아가 잠시 그냥 지켜보다가 이내 작심한 듯 서둘러서 그녀의 뒤를 따라붙으며 말했다.

"같이 가자! 가는 김에 할아버지도 같이 다시 만나 보고! 나도 이젠 정말 할아버지를 믿을 수가 없다!"

무림맹주인 화운자의 거처는 남궁유아의 거처인, 정확히는 남궁세가의 거처인 북쪽의 창궁원과 반대되는 남쪽의 끝자락의 별채인 무애원(無愛園)에 자리하고 있었다.

이는 무림맹주의 권위를 배려해서 영내에 있는 여덟 개의 별채 중 하나를 무당파에게 통째로 내준 것처럼 무림세가의 맹주 격인 남궁세가에게도 마찬가지로 별채 하나를 할애해 준 것이었다.

남궁유화는 그 바람에 영내를 가로지르느라 의도치 않게 무림맹의 상황을 적나라하게 목도할 수 있었다.

무림맹의 영내는 전에 없이 어수선했다.

구대 문파를 위시한 각대 문파의 정예들이 철수하느라, 또는 철수를 준비하느라 시장통이 따로 없었다.

벌써 적잖은 문파들이 영내를 빠져나가서 비어 버린 전각도 부지기수였다.

"방금 결정한 문제인데 벌써 이렇다고? 이건 완전 사기야!"

남궁유화가 분노를 토하며 발길을 서둘렀다.

남궁유아가 재빨리 뒤에 따라붙으며 그녀를 다독였다.

"나도 이건 아니다 싶긴 한데, 그렇다고 맹주님 앞에서 그런 식으로 나가면 절대 안 된다, 너?"

남궁유화가 발길을 재촉하는 와중에도 화를 냈다.

"안 되긴 뭐가 안 돼! 말하는 것을 보니 언니도 무림맹의 내부에 아직도 여전히 우리 남궁세가를 위시한 무림세가들과 소림, 무당, 화산을 위시한 구대 문파 간이 알력이 존재한다는 것을 익히 잘 아는 모양인데, 적들도 그런 거야. 그래서 지금과 같은 사태를 조장하는 거라고. 무림맹을 깨트리기 위해서!"

"야, 그건 네가 너무 앞서가는 거 아니냐?"

"정말이지 나도 이게 쓸데없는 노파심에 불과하고, 너무 앞서가는 거였으면 좋겠다."

"……!"

남궁유아가 너무나도 확고한 남궁유화의 생각에 할 말을 잃고 함구하는 그때 측면의 소로에서 낯익은 두 사람이 그녀들을 보고 반색하며 달려왔다.

전에는 좀처럼 마주하지 않던 사람들이었지만, 얼마 전부터는 하루가 멀다 붙어 다니는 빙녀 희여산과 화산칠검의 막내인 무허였다.

"여기 있었군. 아니, 대체 이게 무슨 상황이야?"

"안 그래도 찾아가는 중이었는데, 잘됐습니다. 대체 상황이 어떻게 돌아가고 있는 겁니까?"

남궁유화는 앞을 막아서며 급히 묻는 희여산과 무허의 곁을 그대로 지나치며 말했다.

"마침 잘됐네요. 나도 지금 그걸 알아보려 가는 중이니까 같이 가요. 한 사람이라도 더 있는 게 낫겠죠."

희여산과 무허가 얼떨결에 그녀의 뒤를 따라붙으며 곁에 있는 남궁유아를 바라보았다.

답을 구하는 눈빛들이었다.

남궁유아가 마지못한 표정으로 어깨를 으쓱하며 말해 주었다.

"나도 몰라. 다만 지금 일어나고 있는 모든 사태가 무림맹의 와해를 노리는 적의 암계라는 것은 우리 장자방의 판단이셔."

남궁유화의 판단을 부정적이라는 투로 전하는 남궁유아와 달리 희여산과 무허는 대번에 동조하는 기색으로 고개를 끄덕였다.

"대체 이게 무슨 일인가 했는데, 그러면 말이 되네."

"확실히 그러네요."

남궁유아는 자신보다 서둘러서 남궁유화의 뒤를 따라가는 그들을 바라보며 절로 피식 웃었다.

초록은 동색이고, 피는 물보다 진하다고 했다.

그녀는 여전히 반신반의하는 자신의 생각과 무관하게 동생 남궁유화의 판단에 동조하는 그들의 태도가 내심 싫지 않은 것이다.

그러나 안타깝게 되었다.

친 혈육인 남궁유아조차 반신반의하는 남궁유화의 판단은 어김없는 사실이었고, 더 나아가서는 너무 늦어 버렸다.

무림맹의 와해를 노리는 마교의 마수는 이미 오래전부터 행동을 개시한 상태였기 때문이다.

천하천의
주인

철옹성鐵甕城 (5)

무림맹의 영내에서 북쪽 끝자락의 별채인 창궁원이 무림세가의 총수 격인 남궁세가의 거처이고, 남쪽 끝자락의 별채인 무애원이 맹주와 무당파의 거처인 것은 무림맹의 세력 구도가 어떻게 돌아가고 있는지를 단적으로 보여 주는 모습이었다.

태산북두 소림사와 무당파를 위시한 구대 문파의 거처들이 거의 다 남쪽 지역에 집결하고, 남궁세가를 위시한 무림세가들의 거처들이 거의 다 북쪽 지역에 집결해 있어서 더욱 그렇게 보였다.

애초에 의도한 바는 아닐 테지만, 초록은 동색이라고 끼리끼리 모이다 보니 자연히 그런 구도가 형성되어 버린 것이다.

그런 면에서 볼 때, 남북의 사이인 동쪽 끝의 별채인 청화원

(靑花園)을 거처로 삼은 화산파는 서쪽 끝의 별채인 지화원(地華園)을 선택한 구양세가와 더불어 중립적인 위치라고 볼 수 있었다.

평소 화산파는 구양세가가 구대 문파와의 교류에 적극적으로 임했던 것처럼 무림세가와의 교류를 중시여기며 활발하게 나섰던 것이다.

그래서였다.

화산의 일대 제자 현문(玄雯)은 무림맹주와 각대 문파의 존장들이 내린 결론에 따라 화산파로 돌아간 동문 사제들의 빈 거처를 정리하는 도중에 마주친 낯선 사내를 보고도 전혀 경계하지 않았다.

낯선 사내가 분명했으나, 복창이 청성파의 제자였다.

가슴 한쪽에 청성파의 제자를 상징하는 부러진 단도 문양이 새겨져 있어서 대번에 알아 볼 수 있었다.

영내의 모든 문파들과 무가들이 동시에 철수하는 통에 짐을 싸는데 필요한 밧줄이나 편목 등이 부족해서 도움을 청하러 오는 사내들이 있었기 때문에 마찬가지로 청성파의 제자가 같은 용무로 왔다보다 치부한 것이다.

"미안한데, 남은 밧줄이나 편목은 이미 다른 문파에서 다 쓸어 갔으니, 다른 데서 알아보게나."

"아니요. 그게 아니라, 이걸 전해 드리려고 왔습니다."

청성파의 제자가 머쓱하게 웃는 낯으로 다가오며 작은 책자 하나를 내밀었다.

"조금 전 화산으로 복귀하신 현우(賢雨)라는 분이 실수로 남으신 사형의 물건을 가져온 것 같다고 하시더라고요."

"아, 그렇소?"

현문은 반색하며 손을 내밀어서 청성파의 제자가 건네주는 책자를 받으려 했다.

현우라면 그가 아끼는 이대 제자였고, 조금 전 장문인을 따라서 본산으로 돌아가기 위해서 맹을 나선 것도 맞았다.

물론 그럼에도 불구하고 다른 때의 그였으면 물건을 전해 주러 온 청성파의 제자가 왜 밖에서 사람을 부르거나 찾지 않고 직접 건물로 들어선 것인지 조금은 의심을 했을 테지만, 그래서 어쩌면 책자를 왜 좌우로 잡지 않고 위아래로 잡아서 건네는 것인지 약간은 주의 깊게 살펴봤을지도 모르지만, 오늘의 그는 전혀 그렇지가 않았다.

오늘 무림맹에서 철수하는 각대 문파의 인원은 그간 무림맹에 상주하던 기존의 인원에 칠 할이 넘었고, 그로 인해 영내가 온통 시끌벅적한 새벽 시장통과 다름없이 번잡스러웠다.

평소에 세심한 성격이라 누가 따로 시키지 않았음에도 자진해서 본산으로 돌아간 제자들의 거처를 정리하고 있던 현문도 미처 그 정도까지는 챙길 수 없을 정도로 산만해져 있었던 것이다.

"······!"

현문은 책자를 건네는 청성파의 제자에게서 순간적으로 치솟는 살기를 느끼며 급히 물러났다.

그러나 이미 늦었다.

책자 아래서 튀어나온 비수가 이미 그의 가슴을 깊숙이 파고들었다.

"헉!"

현문은 절로 숨이 턱 막히는 극도의 고통 속에서도 사력을 다해서 뒷걸음질했다.

어떻게든 물러나서 반격의 기회를 잡으려는 노력이었다.

하지만 그의 노력은 청성파의 제자가 물러나는 그의 속도보다 더 빠르게 다가드는 바람에 속절없이 무산되었다.

대신에 그의 가슴을 파고든 비수가 더욱 깊숙이 박혀들었다.

"너, 너는 누, 누구……?"

"죽을 놈이 그건 알아서 뭐 하게?"

청성파의 제자는 죽음의 고통보다도 더 간절해서 힘겹게 흘려낸 현문의 의문을 무참히 짓밟으며 비수를 비틀었다.

현문은 어떻게든 비명을 질러서 지금 자신이 처한 상황을, 아니, 앞으로 동료들이 처할 상황을 알리고 싶었으나, 그럴 수가 없었다.

크게 벌린 그의 입에서는 비명 대신 핏물만 쏟아져 나왔다.

그는 그것을 확인하지도 못한 채 극고의 고통이 안겨 준 죽음을 맞이했다.

"그놈 꽤나 질기네. 폐부를 정통으로 찔리고도 이리 버티다니, 곧 죽어도 화산의 제자라 이건가? 흐흐……!"

청성파의 제자는 아니, 청성파의 제자로 분한 마교의 간자는 나직한 푸념과 함께 음충맞은 기소를 흘리며 품에서 꺼낸 작은 약병에 담긴 붉은 액체를 현문의 주검에 골고루 뿌렸다.

푸시시식-!

고약한 냄새를 풍기는 연기가 피어났다.

그와 동시에 현문의 주검이 흐물흐물 녹아서 검은 먹물로 변했다가 이내 그마저도 고약한 냄새의 연기와 함께 흔적도 없이 사라졌다.

뼈를 녹이고 살을 태운다는 화골산(化骨散)이었다.

다만 일반적으로 세간에 알려진 화골산은 시체를 녹여서 액체로 만드는 것이 다였다.

그래서 속설에 의하면 시체를 녹인 액체를 말리면 다시 가루가 되고, 그 가루에 피를 섞으면 다시 화골산이 된다고 한다.

그런데 지금 청성파의 제자로 분한 마교의 간자가 사용한 화골산은 어찌나 지독한지 시체를 녹인 액체마저도 태워 연기로 날려 버린 것이다.

그렇듯 삽시간에 한 사람의 죽음을 흔적도 없이 소멸시켜버린 마교의 간자는 무슨 일이 있었냐는 듯 아무렇지도 않게 훌훌 몸을 털고 느긋하게 주변을 살피며 장내를 떠나갔다.

장내를 벗어나는 그의 눈빛에는 이미 다음 먹잇감에 대한 호기심과 갈망으로 가득 차 있었다.

·❦·

남궁유화 등이 무애원에 있는 무림맹주 화운자의 거처에 도착했을 때, 정확히는 네 명의 친위대원들과 함께 대청의 문밖을 지키고 있던 맹주의 친위대주 매연소(買衍昭)를 밀치고 들어갔을 때, 화운자는 혼자가 아니었다.

화운자는 사층 전각의 상층부를 통째로 쓰고 있고 있었지만, 소란스러움을 싫어하는 그의 성격을 모두가 다 알고 있기 때문에 평소에는 좀처럼 그의 거처를 찾는 이가 드물었는데, 오늘은 조금 달랐다.

원래부터 함께하고 있었는지 아니면 먼저 방문한 것인지는 몰라도, 지난날 남맹을 이끌던 남궁세가의 전대가주, 검선 남궁위악과 소림사의 장로인 대운 대사, 그리고 개방방주 황칠개가 대청의 팔선탁에 무림맹주인 화운자와 마주하고 앉아 있었다.

"무례하오! 어서 당장 나가지 않으면 맹규에 따라 실로 엄히 다스리겠소!"

재빨리 남궁유화 등을 따라서 대청으로 들어온 매연소가 재빨리 앞을 막으며 칼을 뽑아 들고 있었다.

동시에 매연소의 태도보다 더 준엄하게 느껴지는 화운자의 호통이 터졌다.

"대체 이게 무슨 경거망동이란 말이냐! 존장들과 맹의 중대사를 논하는 자리니라! 어서 물러나지 못할까!"

남궁유화는 물러서지 않고 당차게 나서며 대꾸했다.

"그럴 수 없습니다! 저는 이 자리에서 어찌하여 맹주께 드린 저의 제안이 이처럼 빠르게 묵살되었는지 알아야겠습니다!"

"어허, 그래도 이것이……!"

화운자가 탁자를 치며 자리를 박차고 일어나서 불같이 화를 냈다.

"영특하게 보고 오냐오냐 해 주었더니만, 네가 아주 도를 넘어서 어른 알기를 개똥으로 알고 있구나! 꼴도 보기 싫다! 어서 썩 꺼지거라!"

남궁유화는 그래도 물러나지 않았다.

대신에 불현듯 무언가 이건 아니다 싶은 생각이 섬광처럼 뇌리를 스쳤다.

평소와 달리 감정이 너무 앞선 나머지 제대로 주의를 기울이지 못했는데, 이제 보니 이상한 것이 한둘이 아니었다.

우선 화운자의 분노가 너무나도 가당치 않았다.

화운자의 성품을 다른 누구보다도 잘 안다고 자부하는 그녀였다.

그런데 지금 화운자의 태도는 그녀가 알고 있는 화운자의 성품과 전혀 상반되는 것이었다.

화운자라면 화를 내기에 앞서 자리부터 권하고 찾아온 용건부터 물어야 했다.

　그리고 이상한 것은 그것만이 아니었다.

　친위대주 매연소가 뜬금없이 대청의 문밖을 지키고 있었다.

　매연소는 친위대주로 발탁된 이후부터 지금까지 언제 어느 때고 항상 그림자처럼 화운자의 곁에서 떨어지지 않았다.

　남궁유화기 기억하는 한 지금껏 단 한 번도 그런 적이 없었다.

　'오늘은 왜?'

　찰나지간, 남궁유화가 이해할 수도 없고, 납득하기도 어려운 상황에 직면해서 머릿속이 복잡해지는 그때, 왠지 모르게 이해할 수 없는 표정과 눈초리로 지켜보며 침묵하던 남궁위악이 불쑥 나서며 말했다.

　"뭐, 굳이 그럴 필요까지야 있나요. 맹주께서 무슨 말씀을 하시려는지 몰라도, 쟤들 역시 무림맹의 요직에 앉은 애들이 아닙니까. 본인 생각에는 그냥 함께 자리해도 별 상관없을 듯싶습니다만?"

　"아니, 그게 아니라, 저 아이 말이오! 버르장머리가 너무 없지 않소! 하물며 오늘 본인이 이 자리에서 논의하고 싶은 것은 워낙 중대한 사안인지라 저 아이들과 동석하는 것은 실로 곤란하오!"

　서둘러 답변에 나선 화운자의 눈빛이 불안하게 흔들렸다.

다른 사람은 몰라도 남궁유화는 예리하게 그것을 파악할 수 있었다.

게다가 말투도 평소와 달랐다.

마치 아무 생각이 없다가 급조한 변명처럼 두서가 뒤틀려 있고, 내용도 절로 실소를 자아낼 만큼 어이가 없었다.

이러니저러니 해도 남궁위악은 남궁유화의 친조부인데, 화운자는 흡사 그걸 잊은 사람 같았다.

할아버지에게 손녀의 버르장머리가 너무 나쁘다고 탓하고 있으니, 어찌 우습지 않단 말인가.

평소의 화운자라면 이건 정말 가당치 않은 언행이었다.

자신보다도 더 남을 배려하던 사람이 어찌하여 하루아침에, 아니, 불과 몇 시진 만에 이렇게 변할 수 있단 말인가.

'아니다! 절대 있을 수 없다!'

내심 몸서리치게 이건 정말 말이 안 되는 일이라고 생각하는 남궁유화의 시선에 실로 당황한 기색의 화운자와 예리한 눈초리로 그 모습을 주시하는 남궁위악, 어딘지 모르게 긴장한 눈치인 소림사의 대운 대사와 개방 방주 황칠개의 모습이 들어왔다.

아무리 봐도 어울리지 않는 모습들인 것인데, 그런 그들, 개개인의 위치가 실로 묘하다고 느껴진 것 역시 바로 그 순간이었다.

아마도 남궁유화가 귀신도 곡할 정도로 천재적인 용병술로

철옹성 (5) 97

이름 높은 무가인 남궁세가 출신이라서 느낀 것일 터였다.

팔선탁에 둘러앉은 세 사람, 화운자와 대운 대사, 황칠개는 참으로 공교롭게도 각기 하나의 자리를 떼어 놓고 마주앉은 남궁위악을 삼재진(三才陳)으로 포위하고 있는 형세였다.

'설마……?'

남궁유화의 뇌리에서 실로 있을 수 없고, 있어서도 안 되는 하나의 가정이 섬광처럼 명멸하는 참인데, 안색을 굳힌 남궁위악의 입에서 뜻을 알 수 없는 나직한 뇌까림이 흘러나왔다.

"역시 들킨 건가?"

때를 같이해서 전광석화처럼 뽑혀진 화운자의 검극이 남궁위악의 목을 향해 뻗혀졌고, 의자에서 절로 부상하며 높이 쳐들린 대운 대사의 함지박만 한 장심과 절굿공이처럼 굵직한 황칠개의 타구봉이 번개처럼 휘둘러져서 각기 남궁위악의 가슴과 머리 중앙 정수리를 노렸다.

남궁유화가 깨달은 바로 그 순간, 상황이 벌어진 것이다.

남궁유화는 직감하던 상황이 눈앞에서 펼쳐지고 있음에도 그저 움찔했을 뿐, 전혀 움직이지 않았다.

움직일 수 없었다.

아직 그녀의 머릿속에서는 지금 눈앞에서 연출되고 있는 상황의 본질을 완벽하게 이해하고 납득하지 못하고 있었다.

반면에 그녀와 동행한 남궁유아와 희여산, 그리고 무허는 제대로 상황을 인지하지 못해서 나서지 않았다.

앞을 막고 있다가 화운자와 남궁위악의 대화를 듣고 눈치를 보며 조금 물러서던 친위대주 매연소와 네 명의 친위대원들의 신형이 그들의 시야를 가린 영향이 매우 컸다.

친위대주인 매연소와 네 명의 친위대는 말할 것도 없었다.

남궁유화 등을 마주하고 있는 그들은 등 뒤에서 벌어지는 상황을 전혀 인지하지 못하고 있었다.

그 때문이었다.

돌발적으로 아니, 계획적으로 남궁위악을 노린 화운자와 대운 대사, 그리고 황칠개의 기습은 성공한 것으로 보였다.

쾅!

요란한 폭음이 터졌다.

화운자 등이 마주한 팔선탁이 박살 나서 주저앉고, 조각난 강기가 사방으로 비산하는 가운데, 바닥이 울리고 벽이 부르르 진동했다.

작금의 강호 무림에서 절정을 구가하는, 아니, 어쩌면 손가락에 꼽히는 세 명의 절대 고수가 연출한 합공의 여파였다.

그러나 놀랍다 못해 믿을 수 없게도 그들의 합공은 성공하지 못했다.

정확히 말하면 일부는 성공했으나, 일부는 실패했다.

"크르르……!"

남궁위악은 성난 야수처럼 신음을 흘리고 있었다.

그런 그의 옆구리는 대운 대사의 장심에 뭉그러져서 허연 늑

골의 일부가 드러난 상태였고, 왼쪽 어깨는 황칠개의 타구봉에 당해서 주저앉은 채로 뭉그러져 있었다.

하지만 앞으로 내밀어진 그의 왼손에는 화운자의 검극이 잡혀 있었으며, 옆으로 뻗어진 그의 오른손은 대운 대사의 가슴을 깊숙이 파고든 상태였다.

남궁위악은 기습을 느낀 절체절명의 순간에 본능적으로 몸을 비틀어서 목을 노리던 화운자의 검극을 고도의 강기를 내포한 금나술로 잡아챘고, 가슴을 노렸던 대운 대사의 장심을 옆구리로 흘림과 동시에 머리 중앙 정수리를 노리던 황칠개의 타구봉을 어깨로 받아 냈던 것이다.

아마도 호신강기를 믿고, 혹은 의지해서 움직인 반응일 터였다.

그런데 화운자의 검극은 고도의 강기에 휩싸인 그의 손에 잡혔으나, 소림권장지학의 정수가 담긴 대운 대사의 장심과 개방의 비전이 강기가 응축된 황칠개의 타구봉은 너끈히 호신강기를 뚫고 들어와서 그의 한쪽 어깨와 옆구리를 곤죽으로 만들어 버린 것이다.

하지만 결과적으로 화운자와 대운 대사, 황칠개가 공조한 암습은 실패였다.

남궁위악은 사혈을 노리는 그들의 공격을 전부 다 막거나 회피해서 목숨을 보존했음은 물론, 역으로 반격까지 가해서 대운 대사의 심장을 박살 내 버린 것이다.

"……!"

찰나의 순간이 영혼처럼 길게 흘렀다.

멈추어진 것 같은 그 시간이 다시 흐르기 시작한 것은 대운 대사가 비틀거리듯 뒤로 물러나는 바람에 가슴에 박혀 있던 남궁위악의 손이 빠져나가며 피를 뿜어내면서였다.

"끄으윽!"

비틀거리며 물러나던 대운 대사가 듣기 거북한 신음과 더불어 검붉은 핏물을 토해 내며 뒤로 넘어갔다.

절반쯤 뜯겨 나간 심장이 밖으로 돌출되어 있는 그의 모습은 이미 산 사람이 모습이 아니었다.

화운자가 그 사이 거세게 검을 당기고, 황칠개의 타구봉이 거듭 높이 쳐들리고 있었다.

남궁위악이 그 순간에 쓰러지듯 뒤로 데굴데굴 굴러서 그들과의 거리를 벌렸다.

바닥을 구르는 그의 몸을 따라서 핏물이 붉게 적셔지고 있었으나, 이내 중심을 잡고 일어나는 그의 움직임에는 여전히 강력한 힘이 느껴졌다.

그 상태로, 그가 악을 썼다.

"뭐 하고 있는 게냐? 할아비가 죽어 가는 꼴을 그대로 서서 지켜보겠다는 게냐?"

화운자가 그런 남궁위악에게 다가서며 준엄하게 소리쳤다.

"저자는 너희들의 조부가 아니다! 너희들이 나설 일이 아니니, 물러나 있거라!"

친위대주 매연소가 칼을 뽑아 든 채로 어쩔 줄 몰라 하는 가운데, 친위대원들은 그런 그의 눈치만 보고 있었다.

남궁유아가 그들을 밀치고 나서며 칼을 뽑아 들었다.

그간 다른 누구보다도 조부인 남궁위악이 전과 다르다고, 너무 많이 변했다고 타박하던 그녀였으나, 물보다 진하다는 핏줄의 힘은 어쩔 수가 없는 모양이었다.

남궁유화는 재빨리 나서서 그런 언니 남궁유아의 앞을 가로막았다.

"……?"

남궁유아가 일그러진 눈가로 남궁유화를 노려보았다.

말이 필요 없이 그녀의 행동을 불신하는 눈빛이었다.

남궁유화는 손을 뻗어서 남궁위악을 가리키며 일침을 놓았다.

"어설프게 굴지 말고 똑바로 다시 봐! 언니가 아는 할아버지가 맞아?"

남궁유아가 이제 막 화운자와 황칠개의 공격을 방어하려고 검을 휘두르는 남궁위악의 모습을 살펴보며 새삼스러운 눈빛을 드러냈다.

남궁위악의 피처럼 붉게 두 눈의 광채와 어깨 위로 넘실거리는 검은 기운을 보았기 때문이다.

"마기……?"

남궁유아가 경악하는 사이, 화운자와 황칠개가 남궁위악과 격돌했다.

　까강—!

　거친 금속성이 터지며 화운자의 검과 남궁위악의 검이 하나처럼 뒤엉켰다.

　화운자는 두 손이었지만, 남궁위악은 한 손의 검이었다.

　남궁위악의 나머지 한 손은 황칠개가 휘두른 타구봉을 움켜잡고 있었다.

　남궁위악은 몸을 움직일 때마다 바닥을 흥건하게 적시는 엄청난 출혈이 말해 주듯 어지간한 사람이라면 온전히 서 있을 수도 없을 정도로 막대한 상처를 입은 상태에서도 천하의 고수들인 화운자와 황칠개의 합공을 감당하고 있는 것이다.

　아니, 감당하는 정도가 아니라 앞도하고 있었다.

　일순, 남궁위악이 한 손에 든 검으로 마주하고 있는 화운자의 검을 밀어붙였다.

　스캉—!

　맞닿은 검극와 검극이 어긋나며 긁히는 거친 쇳소리와 함께 밀려 나간 검극의 주인인 화운자였다.

　한순간 자유롭게 풀려난 남궁위악의 검극이 수평의 섬광을 그렸다.

　자신의 병기가, 바로 타구봉이 잡혀서 쉽게 물러나지 못하는 황칠개의 가슴 아래 복부를 가로지르는 핏빛 섬광이었다.

"헉!"

황칠개가 뒤늦게 헛바람을 삼키며 수중의 타구봉을 놓고 물러났으나, 이미 늦었다.

이미 핏빛 섬광이 지나간 그의 복부 옷깃이 횡으로 길게 갈라지며 대번에 붉은 빛으로 물들었다.

붉은 횡선을 그린 남궁위악의 검극이 그림처럼 반전했다.

황칠개의 몸을 완전히 반으로 갈라놓으려는 듯 속도가 배가 된 칼질 아래 눈부신 검기성강의 기운이 폭사하고 있었다.

"타앗!"

밀려나던 화운자가 웅혼한 기합을 내지르며 뒷심을 발휘해서 신형을 멈추고 이내 반전해서 남궁위악을 향해 검극을 뻗어 냈다.

황칠개를 구하려고 사력을 다하는 듯 쾌속하게 뻗어지는 검극에서 서릿발처럼 싸늘한 검기가 불처럼 치솟고 있었다.

남궁위악이 황칠개를 포기하지 않는다면 자신의 목숨도 내놓아야 할 판인데, 그 순간 상황이 돌변했다.

황칠개를 노리는 남궁위악의 공격은 실초가 허초, 고도의 기만술이었다.

그렇지 않다면 황칠개를 노리던 검극의 투로가 그리도 찰나지간에 화운자를 향해 돌려지지는 못했을 터였다.

장내에 있던 그 누구도 투로가 바뀌는 그 검극의 변화를 제대로 보지 못했다.

쉬리리릿-!

쇄도하던 화운자의 검극과 황칠개를 노리다가 투로를 바꾼 남궁위악의 검극이 절묘하게 교차했다.

다음 순간!

푹-!

화운자의 검극이 남궁위악의 가슴을 깊숙이 찔러 들었고, 마찬가지로 남궁위악의 검극은 화운자의 가슴을 찌르고 들어갔다.

서로가 서로의 가슴을 찌른 것인데, 결과는 크게 달랐다.

화운자의 검은 남궁위악의 오른쪽 가슴을 관통한데 반해 남궁위악의 검은 화운자의 왼쪽 가슴을, 바로 심장을 찔렀기 때문이다.

"크으으......!"

화운자가 신음을 삼키며 뒷걸음질했다.

남궁위악이 그보다 더 빨리 달려드는 것으로 화운자의 가슴을 찌른 검을 더욱 깊이 찔러서 심장을 완전히 관통해 버렸다.

"익!"

찰나의 순간에 벌어진 그 광경을 지켜보던 남궁유아가 이를 악물며 나섰다.

시종일관 복잡 미묘한 감정을 드러내던 그녀의 눈빛이 섬뜩할 정도로 독하게 굳어져 있었다.

하지만 이번에도 그녀는 남궁유화에게 앞이 막혀서 나설 수가 없었다.

남궁유아는 발끈했다.

"맹주님을 도우려는 거야!"

"알아."

남궁유화는 고개를 끄덕이며 잘라 말했다.

"그래서 막은 거야. 살기는 접으라고."

남궁유아가 황당해했다.

"아니, 왜? 저자는 우리 할아버지가 아니잖아!"

남궁유화는 어디까지나 냉정을 잃지 않으며 대답했다.

"어쩌면 할아버지일 수도 있어. 아직 아무런 확신도 없는 마당에 무턱대고 나섰다가 저자가 진짜 할아버지면 어떻게 할래? 할아버지를 죽이는 페륜을 저질렀다는 자책감에 평생 시달리며 살고 싶어?"

섭혼술을 염두에 두고 하는 말이었다.

천하에 검선 남궁위악씩이나 되는 절대 고수의 자아를 통제할 수 있는 섭혼술이 있다고는 믿지 않지만, 세상은 요지경속과 같아서 절대 단정할 수 없는 노릇이었다.

"젠장! 정말 별 그지 같은 상황도 다 있네!"

남궁유아가 수중의 검을 신경질적으로 마구 휘두르며 악을 쓰고는 이내 안색을 굳히며 나서려는데, 먼저 나서는 사람이 있었다.

"비켜!"

희여산이었다.

내내 뒤쪽에 빠져서 사태를 주시하던 그녀가 두 손을 내밀어서 그녀들, 두 사람 사이를 가르며 앞으로 나섰다.

"난 아무래도 상관없으니까!"

말과 동시에 그녀의 상체가 도발적인 자세로 내밀어지며 한 발이 멀찍이 앞쪽의 바닥을 찍어 눌렀다.

그 어떤 사내가 펼친 것보다도 더 거칠고 사납게 보이는 진각이었다.

쿵-!

묵직하고 둔탁한 발 구름 소리가 터지며 바닥이 진동했다.

그와 동시에 그녀의 발을 기점으로 하얗게 얼어붙기 시작한 바닥이 화운자를 기어코 벽까지 밀어붙인 남궁위악을 향해 직선으로 뻗어 나갔다.

쩌저저저적-!

극강의 음한지공이었다.

바닥을 딛고 있던 남궁위악의 두 발이 삽시간에 백색의 서릿발에 휩싸이며 얼어붙고 있었다.

"빙백신공……?"

남궁위악이 황당하다는 표정을 지으면서도 재빨리 화운자의 심장을 찌르고 있는 검을 놓고 물러났다.

한쪽 어깨와 옆구리의 살점이 너덜너덜한 상태고 엄청난 양의 피를 흘린 까닭에 백짓장처럼 창백해진 얼굴의 그가 아직도 여전히 그럴 여력이 남아 있다는 것이 정말 믿기지 않을 정도였다.

하지만 한 걸음 다음에 다시 한 걸음이 제대로 떨어지지 않았다.

극강의 한기가 삽시간에 그의 다리를 타고 올라가서 하반신을 얼려 버린 까닭이었다.

희여산은 그사이 어느새 칼을 뽑아 든 채 도약해서 높은 천장 바로 아래를 스치고 있었다.

진한 살기가 남궁위악을 노려보는 그녀의 눈빛에서 비등했다.

"자, 잠깐!"

남궁유아가 다급히 소리쳤다.

분명 지금의 남궁위악이 자신의 조부가 아니라고 생각하면서도 차마 눈앞에서 죽어 가는 것은 막고 싶은 것이다.

그러나 막을 수 없었다.

남궁유아의 외침을 듣고 주춤 허공에서 잠시 멈추어 버린 희여산과 달리 어디선가 느닷없이 나타난 잿빛 그림자 하나가 일말의 주저함도 없이 남궁위악의 머리를 박살 내 버렸기 때문이다.

퍼억-!

섬뜩한 소음과 함께 희여산이 일으킨 빙백 신공의 영역에서 벗어나려고 사력을 다하던 남궁위악의 머리가 수박처럼 박살

났다.

붉은 피와 허연 뇌수가 사방으로 튀어서 끔찍함을 더했다.

졸지에 머리를 잃은 남궁위악의 몸이 뒤늦게 바닥으로 쓰러지고, 분수처럼 뿜어진 핏물이 바닥을 흥건히 적셨다.

잿빛 그림자의 정체는 거구의 중년 사내였고, 남궁위악의 머리를 박살 낸 것은 그가 손에 든 짤막한 방망이, 이른 바 단곤(短棍)이라고 불리는 무기였다.

희여산이 지상으로 내려서서 자신이 노리던 표적을 먼저 처치한 거구의 중년 사내에게 칼끝을 돌렸다.

기실 그녀만이 아니라 장내의 모두가 그림처럼 굳어진 채로 귀신처럼 느닷없이 나타나서 남궁위악의 목을 베어 버린 거구의 중년 사내를 경계하고 있었다.

체구만 장대한 것이 아니라 어깨 범종처럼 넓고 큼직한 코에 두 눈도 부리부리해서 마치 거대한 곰처럼도, 혹은 호랑이처럼도 보이는 중년 사내가 그런 장내의 분위기와 상관없이 히죽 웃으며 어깨를 으쓱였다.

"난 적이 아닌데?"

남궁유화는 뒤늦게 중년 사내의 정체를 알아보았다.

만나 본 적은 없지만, 하도 자주 들어 봐서 알고 있는 인물이었다.

"산동 대협이십니까?"

놀란 마음에 경계심도 풀지 못한 채 무심결에 건넨 그녀의 질문에 대한 답변은 화운자의 입에서 나왔다.

"그래, 멀대 같은 그 녀석이 바로 산동 대협 천기곤 용수담이다. 넌 지금 여기서 뭐 하고 있는 게야! 무슨 일이 있어도 절대 사람을 들이지 말라는 내 명령을 벌써 잊었느냐!"

화운자는 거구의 중년 사내가 바로 산동 제일의 명숙으로 산동 대협이라 불리는 호인이며, 호사가들 사이에서 소림 속가 제일인으로 알려진 패검이룡 종리매와 더불어 차기 십대 고수의 자리를 차지할 고수로 명성이 자자한 천기곤 용수담이라는 것을 밝혔다.

그리고 직후에 친위대주 매연소를 향해 불같이 소리쳤다.

한시도 화운자의 곁에서 떨어지지 않던 친위대주 매연소가 대청의 문밖을 지키고 있던 이유가 드러나는 순간이었다.

"아, 예, 옙! 알겠습니다!"

매연소가 정신이 번쩍 든 기색으로 서둘러 친위대원들을 이끌고 밖으로 나갔다.

밖은 이미 소란스러워지고 있었다.

어느새 적잖은 사람들이 몰려들고 있었던 것인데, 마침 매연소가 적시에 밖으로 나가서 몰려드는 사람들을 대청 안으로 들어가지 못하게 통제하고 있었다.

"하여간 물러 터져서는……!"

화운자가 툴툴거렸다.

벽에 기대서 간신히 서 있던 그는 몸이 주룩 미끄러지며 바닥에 주저앉고 있었다.

그 상태로, 그는 곱지 않은 눈초리로 용수담을 노려보았다.

"왜 이렇게 늦은 게냐? 네놈이 늦는 바람에 이 모양 이 꼴이 잖아."

용수담이 대답 대신 수중의 단곤을 옆구리에 문질러서 피를 닦아 내고 허리의 고리에 꽂아서 갈무리했다.

그리고 화운자의 곁으로 가서 상처를 살펴보며 심드렁하게 대꾸했다.

"제가 늦은 게 아니라 사부님이 너무 빨랐던 겁니다. 저자와 함께하고 나서 반 식경이라고 하질 않았습니까."

세상이 모르는 사실이 드러나고 있었다.

어떤 연유로 세상에 드러내지 않고 감추었는지는 모르겠지만, 산동 대협으로 불리는 호인이자, 차기 십대 고수의 자리를 넘보는 절대 고수인 천기곤 용수담은 바로 화운자를 사사한 무당 속가 제자였던 것이다.

"그래? 하루 반나절은 지난 것같이 느껴졌는데, 고작 반 식경 도 안 됐나?"

화운자가 멋쩍은 표정으로 남궁유화 등을 쳐다보면서 실없는 웃음을 흘렸다.

"내가 너무 저자를 얕잡아봤어. 일개 간자의 능력이 저 정도일 줄은 정말 상상도 못했지 뭔가. 뒤늦게 그걸 느끼고 이래저래 망설이는 참인데, 불쑥 저 애들이 찾아오는 바람에 내가 너무 당황해 버려서 그만…… 하하하……!"

용수담이 화운자의 가슴에 박힌 검을 잡고 힘을 주려다가 이내 그만두며 면박을 주었다.

"어쨌거나, 계획대로 죽였으면 됐죠, 뭐. 그보다 상처 커지니까 웃지 마요. 말도 그만하고요."

화운자가 용수담의 말을 듣지 않고 남궁유화 등을 바라보는 채로 애써 주름진 입가로 미소를 지으며 말했다.

"너희들 잘못이 아니니, 자책할 필요 없다. 그저 일이 이렇게 되려니까 이렇게 되었을 뿐인 게야."

용수담이 버럭 언성을 높였다.

"아, 글쎄, 말하지 말라니까요!"

화운자는 그런 용수담에게 시선을 주더니 새삼 빙그레 웃었다.

"너도 수고했다. 사부랍시고 제대로 내주지도 못했는데, 부른다고 그리 한달음에 달려와 준 것도 고맙고."

"아참, 노인네 진짜 말 안 듣네! 말 좀 그만해요! 이러다가 정말……!"

용수담이 벌컥 화를 내다가 슬며시 말꼬리를 흐렸다.

그럴 수밖에 없었다.

화운자가 슬며시 눈을 감고 있었다.

무당파의 최고 원로인 화운자의 거짓말 같은 죽음이었다.

그때 문밖이 급격하게 어수선해졌다.

언성을 높이는 사람이 한둘이 아니었다.

지금 대청에서 벌어졌던 소란을 듣고 몰려든 무림맹의 요인들이 제지하는 친위대주 매연소와 벌이는 언쟁이었다.

황칠개가 자신의 상처를 살피고 있는 무허의 손길을 뿌리치며 다급하게 말했다.

"막아야 해! 누구도 이 사실을 알면 안 된다!"

무허가 엉겁결에 일어나서 문가로 향했다.

남궁유아도 본능처럼 반응해서 신형을 돌렸다.

남궁유화가 재빨리 남궁유아의 소매를 잡아채며 자리를 옮겨서 무허의 앞도 가로막았다.

그들이 의아한 눈빛으로 바라보는 가운데, 황칠개가 버럭 고함을 질렀다.

"무슨 짓이냐! 어서 누구도 여기로 들지 못하게 막으라고 하질 않았느냐!"

남궁유화는 추호도 물러서지 않고 냉정한 눈초리로 황칠개를 바라보며 말했다.

"먼저 왜 그래야 하는지부터 알아야겠습니다."

황칠개가 난감한 기색으로 머뭇거렸다.

남궁유화는 단호한 언성으로 추궁하듯 말을 덧붙였다.

"저희들을 믿지 못해서 그러시는 것이라면, 좋습니다. 저희들도, 아니, 저도 그 생각을 그대로 돌려드리겠습니다. 저도 어르신들을 믿지 못하겠습니다. 지금 이 자리에서 벌어진 사태는 제가 믿을 수 있는 상식에서 벗어나도 한참 벗어나는 일입니다."

"……."

황칠개가 곤혹스러운 표정으로 용수담을 바라보았다.

용수담이 자못 어색한 미소를 흘리며 어깨를 으쓱였다.

"전날 사부께서 석지화의 혜안과 심계는 이미 오래전에 천애유사 제갈현도를 넘어섰다고 하시더니만, 정말 그런 것 같네요. 이 마당에 더 감출 것이 뭐가 있겠습니까. 그냥 밝혀 주시지요?"

황칠개가 어쩔 수 없다는 듯 한숨을 내쉬며 남궁유화를 향해 말했다.

"알았으니, 우선 여기 상황부터 정리하자. 사람들이 들이닥쳤다가는 그야말로 죽도 밥도 안 된다."

남궁유화가 와중에 확인부터 했다.

"믿어도 되는 거겠죠?"

황칠개가 탄식했다.

"이 황칠개 적봉이 이렇게 불신을 당하다니, 내가 실수를 해도 아주 크게 한 모양이구나."

실로 분하고 억울하다는 듯이 말을 하면서도 자신이 직접 나서지 못하는 것은 그가 입은 상처 또한 예사롭지 않았기 때문이다.

지금의 모습으로 그가 나섰다가는 그야말로 무림맹이 뒤집어질 터였다.

그는 재우쳐 사정하듯, 부탁하듯 말했다.

"미안하다. 정말 믿어도 되니 어서 서둘러다오."

남궁유화는 그제야 돌아서서 남궁유아와 희여산에게 시선을 주며 말했다.

"유아 언니, 그리고 여산 언니가 나서 줘야겠어요. 모종의 비밀 작전을 위해서 몇몇 고수들의 실력을 점검하는 중이라고 하세요. 두 분이 나서서 그렇게 말하면 어지간히 고집의 명숙들도 물러날 수밖에 없을 거예요. 들은 얘기는 따로 보고드리도록 하죠."

남궁유아와 희여산이 두말없이 고개를 끄덕이고는 밖으로 나갔다.

황칠개가 그 모습을 보고는 어이없다는 표정으로 남궁유화를 바라보며 중얼거렸다.

"남궁 대주는 그렇다 치고, 희 대주가 이리 고분고분 인정하고 물러나다니, 정말 놀랍군. 그저 맹주님이 가끔 조건을 구하는 장자방이라고만 생각했는데, 이 정도 영향력을 가지고 있었던가?"

남궁유화가 대답하기도 전에 용수담이 먼저 말했다.

"그게 다가 아니라는, 노선배가 모르는 무언가가 더 있다는 뜻이겠죠."

황칠개가 예리한 눈빛으로 남궁유화를 직시하며 물었다.

"정말 그런 건가?"

"지금은 질문을 하실 차례가 아닙니다."

남궁유화는 냉혹할 정도로 매정하게 황칠개의 질문을 외면하며 재우쳐 물었다.

"이제 밖의 상황은 곧 정리가 될 테니, 어서 작금의 상황에 대해 먼저 설명 부탁드려요. 제 생각에는 오늘 벌어진 각대 문파 정예들의 철수와 지금 여기서 벌어진 이 황당한 사건에 모종의 관계가 있을 것 같은데, 도대체 이게 어떻게 돌아가는 일인거죠?"

절로 쓰게 입맛을 다신 황칠개가 사뭇 정색한 모습으로 저간의 사정을 설명하기 시작했다.

"천사교를 선봉에 세운 마교의 준동에 대해서는 이미 알고 있을 테니, 각설하고, 그동안 맹주님과 우리들은 그동안 마교가 왜 본격적으로 중원 침탈에 나서지 않는 것에는 그만한 이유가 있을 것으로 보고 백방으로 알아보는 중이었다."

황칠개가 마치 무심결에 누가 듣는 것을 경계하듯 주변을 한 차례 훑어보고 나서 한층 낮은 목소리로 설명을 이어 나갔다.

"그리고 얼마 전 우리는 그 이유가 마교주의 부재에 있다는 것과 그가 대공성취를 위해 폐관했다는 장소를 파악했고, 그 와중에 우연찮게도 네 조부인 검선 남궁위악이 마교의 주구로 전락했다는 사실을 알게 되었다. 물론……"

무거운 표정으로 말꼬리를 느린 황칠개는 매우 힘겨운 표정으로 어색한 미소를 흘리며 고개를 저었다.

"네 조부가 변절했다고는 생각하지 않는다. 어떤 사술에 당한 건지, 아니면 이미 당해서 다른 세상으로 갔음에도 우리가 모르고 있었던 것인지 기필코 오늘 밝혀 볼 심산이었는데……!"

그는 머리가 박살 나서 사라지고, 몸도 너덜너덜하게 변한 남궁위악의 주검을 일별하며 깊은 한숨을 내쉬었다.

"애석하게도 그걸 밝힐 수 없게 되었구나."

그는 새삼 정색하며 재우쳐 힘주어 말했다.

"어쨌든, 각대 문파의 철수도 그렇고, 맹주님과 우리가 마교의 간세를 제거하는 것도 그렇고, 오늘 벌어진 모든 것은 그에 따른 계획이었다. 바로……!"

남궁유화는 이제야 더 듣지 않고도 모든 사태를 짐작할 수 있어서 절로 황칠개의 말을 가로챘다.

"저들이 바라는 대로 해 준다. 적어도 그렇게 보이도록 한다! 그리고 결정적인 한 방을, 즉, 마교주를 친다!"

황칠개가 못내 감탄한 표정으로 남궁유화를 바라보며 인정했다.

"바로 그거다! 마교주인 천마가 폐관 수련을 끝내고 대공을 성취하게 된다면 그야말로 중원에 어떤 사태가 벌어질지 모른다! 해서, 우리가 먼저 치기로 한 거다!"

남궁유화는 갑자기 머릿속이 어지러워졌다.

여러 가지 복합적인 생각이 그녀의 뇌리를 그렇게 만들었다.

그처럼 시시각각 변하던 그녀의 눈빛이 어느 한순간 차갑게 굳어졌다.

그녀는 다급해져서 물었다.

"그럼 오늘 자파로 철수하는 각대 문파의 정예들은 기존에 정해진 인원이 아니겠군요?"

황칠개가 득의만면한 미소를 보이며 고개를 끄덕였다.

"그야 물론이지. 각파의 존장들과 몇몇 최정예들은 오늘 자파로 돌아간 것이 아니라 벌써 사흘 전부터 하나씩 둘씩 쥐도 새도 모르게 이미 마교주가 폐관 수련하고 있다는 마황동(魔皇洞)으로 출발했다."

"어째 어른들의 모습이 안 보인다 했더니만……!"

남궁유화는 실로 불안하게 흔들리는 눈빛으로 잠시 황칠개를 바라보며 물었다.

"아니, 그보다 거기, 그 마교주가 폐관 수련에 들었다는 그 마황동에 대한 정보는 누가 어디서 얻은 거죠?"

"아, 그거……!"

황칠개가 기분 좋게 웃으며 대답했다.

"군사인 제갈현도, 제갈 가주가 얻어 낸 정보다. 제갈 가주가 얼마 전 우연찮게도 제갈세가의 내부에 침입해 있던 간자 하나를 색출했는데, 그 간자를 통해서 알아낸 거지."

"첩자의 입을 통해서요?"

"응. 돌이켜 보면 아주 재수가 좋았지. 우리에게 워낙 마교총단에 대한 정보가 없어서 그저 아무거나 사소한 정보 하나라도 얻어 보고자 심하게 고문까지 했는데, 그야말로 월척이 걸려든 거다."

"아……!"

남궁유화는 하얗게 질린 얼굴로 황칠개를 바라보며 다급하게 물었다.

"언제요? 어디서든 지켜볼 눈이 있을 거라고 생각했을 테니, 오늘 같이 떠났을 리는 없고, 언제 떠난 겁니까? 어제요? 아니면 새벽에요?"

"새벽에 떠났다. 동창이 밝기 전에 먼저 떠났지. 각대 문파의 존장들이 믿을 수 있는 측근들만을 추려서 너희들이 모르는 것처럼 누구도 모르게 극비리에 말이다."

황칠개가 대답을 하고 나서 그녀의 반응이 예사롭지 않다고 생각했는지 표정이 일그러져서 물었다.

"대체 무슨 생각을 하기에 그 모양인 게냐? 너 설마……?"

남궁유화는 냉정한 눈빛으로 돌아가서 말했다.

"만에 하나, 그 정보가 사실이 아니라면 어쩔 겁니까? 일부러 거짓 정보를 흘려서 우리를 속이려는 적의 반간계(反間計)라면 어쩔 거냐고요? 따로 대책이 있나요?"

황칠개의 안색이 하얗게 질려 버렸다.

조용히 그들의 대화를 듣고 있던 용수담의 눈빛도 예사롭지 않게 흔들렸다.

하지만 그것도 잠시, 용수담이 절레절레 고개를 젓는 가운데, 황칠개는 실소를 흘리며 단정했다.

"그건 말도 안 되는 소리다! 몇 번이고 거듭 재고하며 확인에 확인을 한 끝에 내린 결정이다! 절대 그럴 리 없다!"

남궁유화는 황칠개와 용수담의 반응을 보고 나자 내심 더욱 불안해졌다.

단호한 황칠개의 말은 바람처럼 들렸고, 거듭 고개를 젓는 용수담의 태도는 실로 그럴 수 있다는 불안으로 보였다.

그때였다.

그녀가 이건 정말 그냥 넘어가서는 안 되겠다고 판단하며 입을 열려는 순간에 조용해진 밖에서 우당탕하고 요란한 다가오는 인기척이 들리더니, 이내 친위대주 매연소가 벌컥 문을 열고 뛰어 들어와서 보고했다.

"자, 자객입니다! 가늠하기 어려운 만큼 많은 숫자의 자객이 영내를 활보하며 살수를 펼치고 있답니다! 지금 자객의 흔적이 발견된 곳은 동쪽과 서쪽 지역인데, 상황으로 봐서는 남쪽과 북쪽도 포함한 사방에서 동시에 침습한 것으로 보인다는 전갈입니다!"

남궁유화는 순간 새파랗게 질려서 창문을 뚫고 밖으로 날아갔다.

뒤늦게 그녀가 남긴 목소리가 장내를 맴돌았다.

"소천(少天)아!"

소천은 겨울에 태어나서 햇수로는 벌써 두 살이 되어 버린 그녀의 아들이었다.

남궁유아가 다급히 그녀의 뒤를 따라서 신형을 날렸다.

철옹성鐵甕城 (6)

남궁유화는 올 때처럼 갈 때도 영내를 횡으로 가로질러야 했고, 그래서 또한 올 때와 마찬가지로 본의 아니게 영내에서 벌어지는 상황을 직접 확인할 수 있었다.

　사방이 난리였다.

　거의 칠 할에 해당하는 각대 문파의 인원이 빠져나갔으니 한산해도 이상할 것이 없는 영내가 분주하게 이리저리 뛰어다니는 사내들로 인해서 어지럽고 산란하다 못해 흉흉한 느낌마저 들었다.

　대규모 자객의 침습이 드러나면서 기존의 경비들은 물론, 각대 문파의 무사들이 모두 나서서 수색과 탐색을 벌이느라 문파 간의 구획이 완전히 무너져 버린 까닭에 혼란스러움이 더욱 가중되고 있었다.

'시기적으로 너무 절묘하다!'

남궁유화는 이제야말로 불안에 떨었다.

얼핏 생각해 보면 각대 문파의 철수가 이루어지자마자, 즉 철수한 인원이 얼마든지 돌아올 수 있는 시점에 기습을 감행했다는 것이 모순이고, 패착으로 보이지만, 보다 더 깊게 제반 사정을 따져 보면 절대 그렇지가 않았다.

절묘해도 이렇게 절묘할 수가 없었다.

이번 각대 문파의 철수는 정상적인 철수가 아니라 무림맹이 극비리에 진행하는 반격을 감추기 위한 수단에 불과하기 때문이다.

철수한 각대 문파의 인원이 돌아올 리는 없었다.

무림맹의 상황을 전해 듣더라도 고작 몇몇 자객들의 침습에 발길을 돌리지는 않을 터였다.

오히려 박차를 가할 가능성이 더 높았다.

다들 자신들의 발길을 막으려는 적의 술수라고 생각할 테니까, 그래서 다들 자신들의 문파가 더욱 위급하다고 생각할 테니까.

하물며 가까운 불부터 끄고 보자는 식으로 발길을 돌리는 문파가 있더라도 그다지 의미가 없었다.

발길을 돌린 그들이 무림맹에 도착했을 때, 적들은 이미 치고 빠져나간 다음일 가능성이 매우 높았다.

아니, 어쩌면 빠져나갈 필요도 없는 간자들이 일으킨 소란일 수도 있었다.

남궁유화는 적이 치밀하게 그 모든 것을 계산하고 이번 사태를 벌였다는 생각이 들어서 절로 몸서리가 쳐질 정도로 두렵고 불안해져 버린 것이다.

그런 그녀가 애써 불안감을 억누르며 냉정함을 잃지 않은 채로 주변의 상황에 한눈팔지 않고 거처인 창궁원으로 돌아간 것은 순전히 어미의 억척이었다.

다만 정북 방향의 끝자락에 자리한 별채인 창궁원의 초입을 넘어서는 순간, 그녀는 새삼 불안에 떨며 하얗게 질려 버렸다.

그럴 수밖에 없는 것이 창궁원은 크고 작은 네 채의 전각으로 이루어진 별채이며, 그녀만이 아니라 무림맹을 지원하는 남궁세가의 모든 무사들이 거처하는 장소였다.

그런데 평소 초입을 지키며 문지기 노릇을 하던 경계 무사가 보이지 않았고, 안쪽에서도 별다른 인기척이 없었다.

원래 남궁세가는 여타 무가와 달리 그리 많은 인원이 나서지 않아서 외부로 나서는 전위대와 외곽 경계를 지원하는 오십여 명의 무사들을 제외하면 창궁원에 상주하는 인원은 고작해야 이십여 명이 다이긴 했다.

하지만 영내가 자객의 난입으로 말미암아 난리 통으로 변한 마당에 여기만 이렇게 쥐죽은 듯 조용하다니, 그녀의 입장에선 불안하기 짝이 없는 일이었다.

설령 영내의 소란에 지원을 나갔다고 해도 경계 하나 남기지 않았다는 것은 말이 안 됐다.

남궁유화는 최대한 침착하려고 애쓰며 창궁원의 내부로 들어섰다. 그리고 그대로 얼어붙어 버렸다.

네 채의 전각이 반원을 그리며 에두른 가운데 전면에 형성된 창궁원의 앞마당격인 정원에 네 구의 시체가 피 바닥에 널브러져 있었다.

다들 그녀가 아는 남궁세가의 무사들이었다.

아마도 경계를 서던 무사들인 것 같은데, 네 구가 파괴적인 칼질로 전신을 처참하게 난도질당한 주검이었다.

그 처참한 모습, 진한 피비린내가 남궁유화의 이성을 마비시켰다.

남궁유화는 한순간에 이성을 잃고 내달렸다.

창궁원을 구성하는 네 채의 전각 중 가장 끝자락에 자리한 작은 전각을 향해서였다.

대번에 눈시울이 붉어졌음에도 끝내 소리를 지르지 않는 것은 마지막 남은 그녀의 인내였다.

그때 재빨리 뒤를 따라붙은 남궁유아가 그녀의 어깨를 움켜잡았다.

남궁유화가 의지와 무관하게 상체를 휘청거리며 멈춘 상태로 남궁유아를 돌아보았다.

피가 끓는 듯한 눈빛이었다.

남궁유아가 얼음처럼 차갑고 냉정한 눈빛으로 그녀의 시선을 마주했다.

지금 네가 가진 감정은 문제를 해결하는 데 아무런 도움이 되지 않는다는 매서운 질책의 눈빛이었다.

실질적인 무력은 어떨지 몰라도 실전의 경험은 그녀가 남궁유화를 월등히 앞서고 있는 것이다.

남궁유화는 인정하며 심호흡했다.

남궁유아가 사내처럼 씩 하고 웃으며 그녀의 어깨를 두드려 주었다.

남궁유화는 그제야 일체의 소리도 없이 움직여서 기민하게 앞서 나갔다.

남궁유아가 마찬가지로 은밀하게 주위를 살피며 뒤를 따랐다.

남궁유화의 거처는 아담한 단층인 네 번째 전각이었다.

그 앞, 작은 공토에서 그녀는 다시금 두 구의 주검과 마주했다.

역시나 흉포한 칼질에 전신을 난도질당해서 죽은 시체였다.

남궁유화는 애써 감정을 다스리며 문가에 붙어서 내부의 동정을 살폈다.

미세한 호흡이 느껴졌다.

전각의 내부에 누군가 안에 있는 것인데, 사실 내부에 누군가 있어야 했다.

남궁유화의 거처인 네 번째 전각은 그녀 모자와 유모만이 쓰도록 가문이 배려한 독채인 것이다.

밖을 지키는 경비가 전부 다 죽은 마당에 안에서 아무런 인기척이 없다면 그거야말로 최악의 상황일지도 몰랐다.

남궁유화는 애써 마음을 다잡으며 남궁유아를 바라보았다.

어느새 반대편 문가에 달라붙은 남궁유화가 가만히 고개를 끄덕였다.

남궁유화는 잠시 심호흡을 하고는 순간적으로 전각의 문을 박차고 내부로 진입해 들어갔다.

꽝-!

요란한 소음과 함께 문짝이 산산조각 났다.

내공을 실은 남궁유화의 발길질이 그만큼 강력했던 것인데, 때를 같이 해서 박살 난 문짝의 파편을 뚫고 내부로 들어선 그녀는 실로 어리벙벙해져서 잠시 눈만 끔뻑이며 서 있었다.

그럴 수밖에 없었다.

전각의 내부인 대청에는 세 구의 시체가 나뒹굴고 있었다.

유모와 두 사내의 주검이었다.

그런데 어처구니없게도 그 세 구의 시체 너머인 창가의 다탁에 아이가, 바로 그녀의 아들인 두 살배기 소천이 방실방실 웃는 모습으로 앉아 있었던 것이다.

"뭐, 뭐야 이게……?"

거의 동시에 대청으로 들이닥친 남궁유아가 황당하다는 표정으로 중얼거렸다.

남궁유화는 그녀의 목소리에 정신을 차리며 허겁지겁 달려
가서 다탁에 앉아 있던 소천을 품에 안았다.

아이, 소천은 멀쩡했다.

어디 하나 긁힌 흔적도 없었다.

"후우……!"

남궁유화는 그제야 참고 또 참았던 긴장의 끈을 놓으며 숨을
몰아쉬었다.

남궁유아가 그사이 바닥에 널브러진 유모와 두 사내의 주검
을 세밀하게 살피며 말했다.

"유모와 여기 이 녀석은 밖에 있는 애들과 같은 수법의 칼질
에 당했어. 근데, 이 녀석은 전혀 다른 수법에 당했어. 단칼에
목이 베어져서 머리가 떨어져 나갔는걸?"

남궁유화가 이제야말로 완전하게 제정신을 차린 모습으로
그녀의 곁으로 가서 주검들의 살펴보며 수긍했다.

"과연 그러네. 그럼 결국 이 녀석이 범인이라는 소린데……."

그녀는 고개를 갸웃하며 유모나 밖의 사내들과 마찬가지로
처참한 상처를 입고 죽은 사내를 거듭 살펴보았다.

"얘는 상천(相泉)이잖아? 저 녀석은 안짱다리 표(瓢)고? 이게
정말 가능한 상황인 건가?"

상천은 다른 주검들처럼 처참한 상처를 입고 죽은 사내로,
남궁세가의 가신 가문 중 하나인 상 씨 세가 출신이고, 다른 사

람들과 달리 머리가 떨어져서 죽은 표는 남궁유화가 이름만 부른 것에서도 알 수 있듯 남궁세가의 직계로, 그녀와 팔촌지간인 남궁표(南宮慓)였다.

그래서 이해할 수 없는 상황이었다.

상황은 남궁표가 적의 간자임을 분명하게 적시하고 있는데, 가신 가문이라지만 엄밀히 따지면 남궁세가의 종복과 다름없는 상천이 자신보다 더 강한 무공을 익힌 직계와 방계의 사내들을 처참하게 죽인 남궁표의 목을 베었다는 사실은 누가 봐도 납득하기 어려웠다.

그때 남궁표의 떨어져 나간 머리를 들고 이리저리 살피던 남궁유아가 그 얼굴을 한 겹 벗겨 내며 말했다.

"표가 아니네."

실로 정교한 인피면구였다.

남궁세가에서는 물론, 무림맹에서도 손꼽히는 고수인 남궁유아조차도 어렵게 발견했을 정도니 그에 대해서는 두말할 나위가 없었다.

"대체 이런 놈들이 몇이나 있을까?"

"그보다, 가짜라니 더욱 이 상황을 이해할 수가 없네. 그놈이 표까지 죽인 놈이라는 건데, 상천이 어떻게 죽일 수 있었던 거지?"

남궁유아가 너무나도 당연한 남궁유화의 의심 앞에서 사내처럼 쩝쩝 입맛을 다시다가 불쑥 말했다.

"재수가 좋았나?"

남궁유화는 절로 고개를 젓는 것으로 그녀의 말을 부정하는 자신의 심정을 드러내면서도 입으로는 수긍했다.

"그것 말고는 답이 없긴 하지."

"그럼 그냥 그렇게 생각해. 죽은 자식 불알 만지기도 아니고, 이 마당에 그걸 따져서 뭐 하냐? 어쨌거나, 소천이가 무사하니 된 거지."

남궁유아가 평소 성격대로 결정을 내려 버리고는 말문을 돌렸다.

"그보다 앞으로 유모와 상천이에게 평생 감사하며 살 생각이나 해. 어쨌거나, 덕분에 소천이가 무사한 것 같으니까."

"당연하지. 그럴 거야. 밖에 있던 분들도 같이."

"그래. 아무래도 그 애들과 싸우는 과정에서 쌓인 상처로 인해 상천이의 공격이 먹혔을 가능성이 높다. 아무려나……!"

남궁유아가 더는 생각하기도 싫다는 듯 고개를 털고는 남궁유화의 소매를 잡고 밖으로 이끌었다.

"일단 나가자. 애가 보기엔 너무 흉하다. 어서 영내의 상황 살피고, 대책도 세워야 하고."

남궁유화는 소천을 품에 안는 순간부터 머리를 자신의 품에 파묻히게 해서 주변을 볼 수 없게 하고 있었다.

그럼에도 불구하고 그녀 역시 소천을 더는 피비린내 나는 대청에 있게 하고 싶지 않아서 남궁유아가 이끄는 대로 서둘러 밖으로 나섰다.

묘하게도 그 순간에 고개를 든 소천이 방실방실 웃는 낯으로 무언가 하고 싶은 말이 있는 듯 입을 벙긋벙긋하며 그녀의 어깨 너머로 손을 뻗어 내서 대청의 구석, 그늘진 천장의 귀퉁이를 가리켰다.

"어버, 어버버……!"

남궁유화는 소천의 행동을 볼 수 없었다.

뒤따르던 남궁유아는 소천이 자신을 보고 손을 내미는 줄 알고 반색하며 마주 손을 내밀었다.

"그래그래, 이모 여기……!"

소천이 묘하게도 남궁유아가 내민 손을 피했다.

남궁유아가 그제야 이상하다는 느낌을 받은 듯 소천의 손이 가리키는 방향을 향해서 고개를 돌리려는데, 소천이 방금 전의 행동이 우연인 것처럼 뻗어 냈던 손을 입으로 가져가서 빨며 딴청을 부렸다.

남궁유아는 그저 귀엽다는 듯 빙그레 웃는 낯으로 소천을 쳐다보고는 남궁유화의 등을 떠다밀며 서둘러 밖으로 나갔다.

그리고 얼마의 시간이 지났을까?

그녀들의 기척이 주변에서 완전히 사라진 다음이었다.

조금 전 남궁유화의 아들인 두 살배기 소천이 손을 뻗어서 가리킨 천장의 그늘진 귀퉁이에서 검은 그림자 하나가 떨어져 나왔다.

고도의 은신술을 발휘하고 있던 사람, 바로 혈영이었다.

그랬다.

남궁유아의 단정과 달리 가짜 남궁표를 죽인 것은 상천이 아니라 설무백의 지시에 따라 남궁유화와 소천의 주변을 맴돌고 있던 혈영이었던 것이다.

다만 혈영도 무사하지만은 않았다.

천장의 그늘에서 떨어져서 바닥으로 내려선 그는 한손으로 어깨를, 정확히는 칼에 베인 상처를 감싸고 있었다.

실수였다.

가짜 남궁표를 같잖게 보고 방심했다.

녀석이 의외로 강한 바람에 단칼에 목을 베어서 죽이긴 했으나, 그 역시도 어깨에 상처를 입었다.

그런데 상처를 치료할 시간도 없이 남궁유화 등이 들이닥치는 바람에 그대로 은신술을 시전해서 숨었고, 상처에서 핏물이 떨어지지 않도록 안간힘을 다해서 움켜잡고 있었던 것이다.

"하마터면 들킬 뻔했네."

혈영은 뒤늦은 지혈을 하고, 만약의 경우를 대비해서 가지고 다니던 붕대를 꺼내서 상처를 동여매며 중얼거리다가 문득 고개를 갸웃했다.

"근데, 아까 소천이 딴청을 부린 게 정말 내가 조용히 하라는 시늉을 해서 그런 건가?"

말을 하고 나서, 그는 실없이 웃으며 고개를 저었다.

"에이, 그럴 리가 없지!"

실로 그럴 리가 없었다.

햇수를 따져서 두 살배기지 실제는 한 살배기와 다름없는 어린아이가 다급한 마음에 어둠 속에서 잠시 얼굴을 드러내고 한 그의 시늉을 알아보며 재빨리 딴청을 부렸다는 것은 상식적으로 말이 안 되는 일이었다.

정말 그렇다면 소천은 천고에 다시없을 천재 중의 천재일 것이다.

혈영은 그렇게 생각하며 어깨의 상처를 동여매던 붕대를 마저 단단히 잡아매고 다시금 어둠 속으로 스며들어서 남궁유화의 뒤를 추적하려다가 문득 고개를 갸웃거렸다.

"하지만 주군도 천재잖아?"

어둠 속에서 드러난 그의 두 눈이 보석을 발견한 여인의 눈빛처럼 반짝이며 연신 깜빡이고 있었다.

무림맹의 소란은 그리 오래가지 않았다.

제압을 한 것이 아니라 자연히 정리되었다.

무림맹의 입장에선 분하고 원통하게도 영내에 침습했던 자객들과 그에 발맞춰서 전격적으로 행동에 나섰던 간자들의 대부분이 한순간 쥐도 새도 모르게 사라져 버렸다.

철수 혹은 잠적이었다.

무림맹은 그 바람에 파국은 면했으나, 그야말로 이러지도 저러지도 못하는 곤경에 빠져 버렸다.

무림맹의 약점이 적나라하게 드러난 까닭이었다.

적은, 바로 마교는 무림맹의 약점을 정확히 찔렀다.

그들은 무림맹의 동향을 손바닥처럼 보고 있는 방증이었다.

기습의 결과가 그것을 말해 주고 있었다.

무림맹이 척살한 적의 숫자는 고작 이십여 명 남짓밖에 되지 않았고, 그나마 그중의 삼 할은 이미 내부에 잠입해 있던 간자였다.

그간 옥신각신하던 간자의 존재 여부가 일고의 여지도 없이 확실하게 드러났다는 점은 작으나 성과라면 성과라고 볼 수 있겠지만, 실로 그 대가는 무지막지하게 컸다.

겨우 십여 명의 적을 척살하는 동안에 당한 아군의 인원은 무려 이백 명이 넘었기 때문이다.

하물며 그런 막대한 피해를 입고도 무림맹은 기본적으로 외부에서 침입한 자객의 숫자조차 제대로 파악할 수가 없었다.

내부의 간자들이 동시에 나선 까닭에 혼선을 빚어서 더욱 그랬는데, 그래서인지 어이없게도 척살한 십여 명의 인원이 다일 수도 있다는 의견까지 나왔다.

그러나 설왕설래, 의견은 분분했으나 진짜 문제는 그런 것들이 아니라 따로 있었다.

그 모든 문제를 터놓고 얘기하며 논의할 수 있는 사람이 그리 많지 않다는 사실이 바로 그것이었다.

진위 여부를 떠나서 간자들의 수뇌로 생각되는 남궁위악을 제거하기 위해서 모였던 사람들은, 정확히는 그중의 생존자인 황칠개와 용수담, 그리고 그 사실을 아는 남궁유화 등은 아수라장으로 변했던 무림맹의 영내가 정리되고 나서도 무림맹주인 화운자의 죽음을 공표할 수가 없었다.

하물며 영내에 남은 소림사 제자들의 수반인 대운 대사는 물론, 간자들의 수뇌로 확신하는 남궁위악의 죽음조차 감추어야 했다.

황칠개와 용수담의 강력한 주장이었다.

그들은 그 비밀을 지키기 위해서 늦게나마 중도에 연락을 받고 돌아온 몇몇 각대 문파의 제자들을 영내로 들이지 않고 대문 밖에서 그대로 돌려보내기까지 했다.

"저들이 각대 문파의 정예들이 자파로 복귀한다는 사실은 알지 몰라도, 그 내면의 사정은 모를 거요! 그러니 작금의 모든 것을 절대적으로 비밀에 붙여야 하오! 오늘의 사건으로 말미암아 간자들에 대한 우리의 대응이 너무나도 미비했음이 드러난 마당이니, 더욱더 그래야 하오! 이는 마황동으로 떠난 각대 문파의 존장들의 성공 여부에 강호 무림의 존망이 걸렸음이오!"

무림맹의 취의청, 극비리에 진행되고 있는 이번 계획을 아는 구대 문파와 각대 문파의 요인 몇몇만을 불러 모은 자리였다.

피를 토하듯 강력하게 주장한 황칠개는 일말의 부정도 용납할 수 없다는 눈빛으로 장내를 훑어보고 있었다.

그러나 급한 마음에 사지에서 구한 아들마저 가솔들에게 맡기고 회의에 참석한 남궁유화는 마냥 답답해서 속이 타들어 갈 지경이었다.

황칠개의 마음을 모르는 바는 아니나, 이건 자신들이 모르는 오래전부터 강호 무림의 구석구석까지 간자를 심어 놓은 마교의 치밀함을 너무나도 무시하는 처사였다.

다만 안타깝기 작이 없게도, 그래서 분하게도 그녀에게 마땅히 다른 대안이 없다는 사실이었다.

아니, 대안까지는 아니지만, 어느 정도 기대 볼 구석이 있기는 했다.

바로 설무백의 존재였다.

'그 사람이라면……!'

남궁유화는 다른 누구보다도 설무백의 저력을 잘 알고 있는 사람이었다.

그런 그녀의 견지에서 볼 때, 설무백이라면 무림맹이 작금의 상황을 헤쳐 나가는 데 적잖은 도움을 줄 수 있었다.

문제는 황칠개 등이 설무백의 존재를 어떻게 생각하고 있느냐였다.

누가 뭐래도 설무백과 그가 이끄는 풍잔은 흑도천상회와 마찬가지로 적은 아닐지 몰라도 무림맹의 눈 밖에 나 있는 흑도의 세력인 것이다.

'부담스럽긴 하지만, 그래도 이 국면을 타개하려면……!'

남궁유화가 내심 작심하고 나서려 할 때였다.

한발 앞서 황칠개의 열변에 토를 달고 나서는 사람이 있었다.

"방주님의 의견에 반대하는 것은 아니지만, 아무래도 제 생각에는 방주님이 너무 안일하게 생각하시는 것 같습니다."

희여산이었다.

황칠개의 예리한 시선이 그녀에게 고정되었다.

"안일하다?"

희여산이 거두절미하고 직설적으로 물었다.

"만에 하나라도 저들이 지금 무림맹이 하고 있는 대처를 전부 다 손바닥처럼 보고 있다면 어쩔 겁니까?"

황칠개가 발끈했다.

"그 얘기는 앞서 노부가 이미……!"

"예, 하셨죠!"

희여산이 잘라 말했다.

"하지만 제 귀에는 방주님의 말씀이 그저 바람으로 들렸을 뿐, 전혀 확신으로 들리지 않았습니다."

황칠개가 분노한 기색으로 대꾸했다.

"실로 그랬다면 그건 내 탓이지, 상황이 그런 것이 아니다. 이는 엄연히 맹주님께서 제갈 군사와 함께 직접 계획하고 실행에 옮긴 일이니만큼, 절대로……!"

"그렇다고 해도!"

희여산이 대수롭지 않게 거듭 황칠개의 말을 끊으며 자신의
의견을 강하게 피력했다.

"저는 믿지 못하겠습니다. 황 방주님이 아니라 맹주님과 제
갈 군사님께서 주도한 일이라고 하니, 그럼 그 두 분을 두고 얘
기하지요. 그동안 그 두 분은 무림맹 내의 간자들조차 색출하
지 못했고, 오늘 사태도 전혀 예측하지 못했습니다. 하물며!"

그녀는 못내 의식이 되는 듯 슬쩍 남궁 자매를 일별하며 말
을 이었다.

"무림맹 내부에 침투한 간자들의 수뇌를 제거하는 계획조차
돌이킬 수 없는 오류를 범하셨습니다. 그런 분들의 계획을, 그
것도 아무리 적의 눈을 속인다는 명목이라지만 명실공히 무림
맹이 가진 무력의 핵심을 차지하는 벽력 중 하나인 전위대의 수
장들인 우리까지 기만하고 실행했음에도 말입니다."

그녀는 픽 실소처럼 혹은 비웃음처럼 웃는 낯으로 황칠개를
바라보며 재우쳐 물었다.

"제가, 아니, 우리가 믿어야 합니까?"

황칠개가 선뜻 대꾸할 말이 없는지 붉으락푸르락하는 얼굴
로 잠시 뜸을 들이다가 말했다.

"지금 감히 맹주님의 계획에 의혹을 품어 맹을 깨자는 것이
냐?"

희여산이 안색이 싸늘하게 변했다.

그것만으로도 그녀의 입에서 나올 대꾸가 눈에 선했는데, 그 전에 남궁유화가 나서서 그녀를 대신하듯 대답했다.

"깨야 한다면 깨야지요. 아니, 이미 깨진 것 아니었나요? 이유 여하를 막론하고 우리 형제자매들과 아무런 소통도 하지 않은 채 우리 할아버님으로 분한 적의 간자를 처치할 계획을 세우셨잖습니까?"

그녀는 언니인 남궁유아와 뒤늦게 사건의 전모를 전해 듣는 바람에 아직도 여전히 충격이 다 가시지 않은 모습인 남동생 창궁검 남궁유진을 둘러보며 힘주어 말을 더했다.

"우리들을 그렇게나 믿지 못하면서 어떻게 같은 길을 갈 수 있을까요? 아니, 황 방주님은 둘째 치고, 이제 우리가 어떻게 황 방주님을 믿을 수 있을까요?"

"……!"

황칠개가 말문이 막힌 듯 얼굴만 붉히고 있자, 곁에 앉아서 이를 지켜보던 용수담이 끼어들었다.

"그 부분에 대해서는……!"

"용 선배님이 나설 자리는 아닌 것 같습니다."

남궁유아가 나서서 용수담의 말을 잘랐다.

"용 선배님은 그저 사부이신 맹주님의 연락을 받고 도움을 주러 오셨을 뿐, 무림맹의 주체가 아니질 않습니까."

용수담이 묵묵히 고개를 끄덕이는 것으로 수긍하며 물러나

앉았다.

세간에 호인으로 정평난 사람답게 남궁유아의 말이 옳고 그르고를 떠나서 언쟁을 막으려고 나선 사람이 언쟁에 가담하는 우를 범하고 싶지 않다는 모습이었다.

그때 시종일관 침묵한 채 경청하고 있던 구대 문파의 제자들 중 한 사람인 무당파의 장로 현청자(玄淸子)가 따로 회의를 진행하는 사람이 없음에도 마치 발언권을 요구하듯 슬쩍 손을 들고 나서며 말했다.

"두 분 모두 진정하시지요. 서로 상반되는 의견만 내세우며 대립해서야 무슨 문제가 해결되겠습니까. 의견을 주고받으며 서로가 서로를 이해시키려고 노력해야지요. 그런 면에서……."

현청자의 깊은 시선이 황칠개에게 돌려졌다.

"황 방주님의 의견은 들은 것 같으니, 이제 희 여협이나 남궁 여협의 의견을 한번 들어 보는 게 어떻겠습니까?"

"뭐, 그럽시다, 그럼."

황칠개가 마뜩치 않은 표정일망정 고개를 끄덕이며 수긍을 표시하고 있었다.

그도 그럴 것이, 현청자의 의견은 황칠개도 무시할 수 없었다.

지금 취의청에 모인 구대 문파의 제자들은 하나같이 자파로 돌아간 존장들을 대신해서 무림맹에 남은 제자들을 통설하는 권한을 가진 수반들인데, 그중에서도 현청자는 앞서 죽은 소림사의 대운 대사 다음으로 높은 항렬을 가진 인물이라 구대 문파의 제자들에게 매우 영향력이 컸다.

그 현청자가 감사하다는 듯 황칠개에게 고개를 숙여 보이며 시선을 돌려서 말없이 희여산과 남궁유화를 번갈아 보았다.

희여산이 슬쩍 남궁유화에게 시선을 주며 물었다.

"나와 같은 생각을 하는 거겠지?"

남궁유화가 어깨를 으쓱했다.

"아마도 그렇겠죠?"

희여산이 가만히 고개를 끄덕이며 물러나 앉았다.

"그럼 네가 얘기해. 머리는 네가 나보다 좋잖아."

"그러죠, 그럼."

남궁유화가 기다렸다는 듯 마다하지 않고 나서며 곧바로 수긍하며 황칠개를 향해 말했다.

"제가 말씀드리고 싶은 것은 딱 한 가지입니다."

그녀는 전에 없이 두 눈을 유성처럼 빛내며 재우쳐 물었다.

"마황동의 정보가 저들의 반간계라면 어쩔 겁니까? 존장들께서 실패할 경우 따로 대안이 있으십니까?"

"……!"

황칠개가 대답은커녕 숨이 턱 막힌 표정, 흔들리는 눈빛으로 남궁유화를 바라보았다.

내색은 삼가고 있었으나, 그가 못내 가장 두렵게 생각하고 있는 것도 바로 그것이었던 것이다.

남궁유화는 대번에 그런 황칠개의 속내를 읽었다.

"없겠죠. 있을 리가 없죠. 그렇듯 엄청난 정보를 입수했으니 실패는 생각하지도 않았을 테니까."

그녀는 정말 실망스럽다는 듯 절레절레 고개를 흔들다가 이내 안색을 냉정하게 굳히며 다시 말했다.

"그럼 이렇게 하죠. 저는 하늘에 맹세코 어르신들의 계획이 성공하길 바랍니다. 다만 만에 하나, 실로 억만 하나, 그야말로 노파심에서라도 대비를 했으면 합니다. 그러기 위해선 마황동의 위치를 알아야 합니다. 어딥니까, 마황동의 위치가?"

황칠개가 잠시 매서운 눈빛으로 남궁유화의 얼굴을 뚫어지게 바라보며 뜸을 들이다가 나직하게 말문을 열었다.

"지금 여기서 마황동의 위치를 아는 사람은 나밖에 없다. 그만큼 철저하게 비밀로 했지. 내가 개방의 공동방주인 취죽개에게조차 감춘 것은 유도 아니냐. 맹주님께서는 도움이 필요해서 몇 년 만에 연락한 제자에게까지 비밀로 했으니까. 비밀 유지가 생명이라고 생각한 거지."

그는 무언가 스스로 납득한 표정으로 고개를 끄덕이며 재우쳐 말했다.

"그러니까, 네가 먼저 얘기해 봐라. 마황동의 위치를 알면 뭘 어떻게 대비하겠다는 거냐? 그게 합당하다고 생각하며 말해주도록 하마."

남궁유화는 추호도 망설이지 않고 대답했다.

"지원 병력을 보낼 겁니다."

황칠개가 실망스럽다는 표정을 지었다.

당연한 반응이었다.

마황동으로 떠난 인물들은 구대 문파를 위시한 각대 문파의 존장들과 그들이 엄선한 정예 중의 정예들이었다.

지금 남아 있는 인원에서 지원 병력을 추려 봤자, 그들에게는 도움은커녕 짐밖에 안 될 터였다.

"고작 그게 다냐?"

남궁유화는 무심하게 대꾸했다.

"그게 다긴 하지만, 고작은 아닐 겁니다. 제가 보낼 지원 병력은 매우 특별한 인물이니까요."

황칠개가 노골적으로 별반 기대하지 않는 눈치를 드러내며 물었다.

"누군데, 그 인물이?"

남궁유화는 장내의 모든 시선이 자신에게 쏠리는 것을 의식하며 짧고 간단하게 대답했다.

"아시는지 모르겠지만, 설무백이라는 사내입니다!"

"……풍잔의 주인인 사신 설무백?"

황칠개가 크게 당황하는 기색으로 뇌까리는 가운데, 장내가 찬물을 끼얹은 것처럼 조용해졌다.

황칠개는 말할 것도 없고, 장내의 모든 사람들이 설무백이 누군지 알고 있다는 방증이었다.

설무백은 작금의 강호 무림에서 아는 사람만 아는, 소위 고수들 사이에서만 알려져 있는데, 지금 장내에 모인 사람들은 다들 그 범주에 있는 고수들인 것이다.

　남궁유화는 심도 깊은 눈빛으로 황칠개의 반응을 눈여겨보며 물었다.

　"역시 아시는 눈치네요?"

　황칠개가 부정하지 않았다.

　"알지. 강호 무림에서 소문 없이 유명한 친구 아닌가. 근데, 그 친구가 뭐 그리 특별한 건가?"

　남궁유화는 보란 듯이 장내를 둘러보며 대답했다.

　"구대 문파를 포함한 각대 문파의 존장들이 빠진 자리이긴 하나, 엄연히 무림맹의 중핵을 이루는 인물들이 모인 이 자리에서 그를 모르는 사람이 하나도 없다는 것이 제가 말하는 특별함의 근거로는 부족한가요?"

　황칠개가 자못 냉담하게 반응했다.

　"내가 말하는 특별함은 그 정도가 아니야. 대체 얼마나 특별하기에 지금 이 자리에 난데없이 그 친구 이름이 왜 나오는 거냐 이거지."

　남궁유화는 의외라는 눈빛으로 황칠개를 쳐다봤다.

　"어째 적개심이 느껴지는 것 같네요?"

　황칠개가 굳이 부정하지 않았다.

　"약간은?"

남궁유화는 역시나 의외라는 듯 물었다.

"왜죠?"

황칠개가 추호도 망설이지 않고 대답했다.

"남북이 갈라져서 대립할 때도 그 친구는 어디에도 나서지 않고 제 살만 불렸고, 지금도 홀로 잘났다고 독야청청하고 있으니까. 솔직히 말해서 나는 따로 떨어져 나가서 세력을 규합한 흑도천상회보다 그 친구가 더 눈에 거슬려. 도무지 속을 모르겠는 친구라서 말이야."

남궁유화는 웃었다.

"재미있네요."

황칠개가 불쾌한 기색을 드러냈다.

"대체 뭐가 재미있다는 거지?"

남궁유화는 손을 내저었다.

"오해하지 마세요. 그냥 예기치 못한 상황이 재미있다는 거예요."

황칠개가 냉정하게 따졌다.

"그러니까, 뭐가?"

남궁유화는 대수롭지 않게 대꾸했다.

"황 방주님이 벌써 그 사람을 만나서 무언가를 부탁했다는 사실이요."

황칠개의 눈이 커졌다.

남궁유화는 그게 아랑곳하지 않고 빙그레 웃으며 말을 더했다.

"뭐 때문인지는 모르지만, 퇴짜 맞은 거죠? 그렇죠?"

황칠개가 대답은 못하고 당황스러운 눈빛으로 남궁유화를 빤히 바라만 보았다.

남궁유화는 어깨를 으쓱하고는 더는 대답을 기다리지도, 채근하지 않고 말했다.

"지난날 남북이 대립할 때 그 어느 편에서 서지 않은 것은 잘한 일이에요. 결국 남맹과 북련의 해체가 그의 선택이 옳았음을 말해 주고 있잖아요. 그리고 저는 그가 무림맹에 가입하지 않고, 또 그게 무슨 일인지는 모르겠지만, 황 방주님이 가져간 무림맹의 일에 나서지 않은 것도 아주 현명한 판단이라고 생각해요."

그녀는 두 팔을 벌려서 장내를 가리켰다.

"지금 이 자리의 모습이 그것을 증명하고 있어요. 서로가 서로를 믿지 못해서 누가 어디서 싸우고 있는지도 모르는 이 현실이요. 그렇지 않나요?"

"……"

황칠개가 역시나 대답하지 못한 채 입을 다물고 있었다.

곁에 앉아 있던 용수담이 그 모습을 보다 못한 듯 나서며 한마디 했다.

"그렇다고 자기 자신의 안위를 위해서 타인의 불행을 보고도 무조건 웅크린 채 방관하는 것을 옳다고는 볼 수는 없는 일이오."

남궁유화는 반색하며 용수담의 말을 받았다.

"안 그래도 지금 막 그 얘기를 하려던 참이었어요. 그렇죠.
실로 그렇다면 옳다고 볼 수 없죠. 하지만 그는 그런 사람이 아
니에요."

용수담이 무언가 말리든 것 같다는 눈치를 보이는 가운데,
황칠개가 발끈하며 따지고 들었다.

"무엇으로 그리 단정하는 거지?"

남궁유화는 아무렇지도 않게 황칠개의 매서운 시선을 마주
하며 밑도 끝도 없이 반문했다.

"무림맹의 내부에 침습해 있는 적의 간세가 바로 마교의 주
구라는 것을 언제 누구에게 들어서 아셨습니까?"

황칠개가 대체 그게 무슨 소리냐는 표정이다가 이내 무언가
깨달은 듯 머리를 한 방 맞은 표정으로 굳어졌다.

남궁유화는 대답을 기다리지 않고 자신이 던진 질문에 스스
로 답했다.

"물론 개방의 정보력이라면 어느 정도는 의심을 하고 있었을
테죠. 하지만 그걸 확신하게 된 계기는 맹주님께 들어서가 아
닌가요?"

황칠개가 반신반의하는 눈빛으로 남궁유화를 바라보았다.

"그럼 그걸 알려 준 것이……?"

"예, 그렇습니다."

남궁유화는 잘라 말했다.

"제가 맹주님께 말씀드렸습니다. 물론 저는 그 사람의 제보로 그것을 확신하게 되었고 말입니다."

"음!"

황칠개가 침음을 삼켰다.

남궁유화는 그런 그에게 고정되었던 시선을 돌려서 좌중을 둘러보며 덧붙여 말했다.

"제가 알기로 마교에 준동에 대해서 그보다 더 잘, 그리고 많이 알고 있는 사람은 없습니다. 얼마 전부터 무림맹 내부에 침습한 마교의 간자를 색출하는 데 전력을 다한 것도, 무림맹이 적극적으로 흑도천상회와의 화친을 도모하려고 노력하는 것도 다 그 사람의 조언이 주효했습니다."

그녀는 좌중을 둘러보던 시선을 다시금 황칠개에게 고정하며 힘을 준 목소리로 말을 끝맺었다.

"저는 작금의 사태를 타개하려면 그의 도움이 절실하다고 감히 단언할 수 있습니다. 그는 작금의 강호 무림에서 가장 먼저 마교를 직시한 사람이고, 그것은 그가 가진 실력을 대변하는 것이라고 생각하기 때문입니다."

"음!"

황칠개가 새삼 묵직한 침음을 흘렸다.

그리고 무언가 고민에 빠진 눈빛으로 잠시 남궁유화를 바라보다가 물었다.

"그렇게까지 말한다는 것은 너와 그자 사이에 모종의 연계가 있어서 네가 말하면 그자가 나서 줄 거라는 확신이 있다는 뜻이겠지?"

남궁유화는 있는 그대로 솔직하게 대답해 주었다.

"연계는 가지고 있습니다만, 제가 부탁한다고 해서 그 사람이 나서 줄 거라는 확신은 없습니다. 저는 다만 작금의 사태를 타개하려면 그 사람의 도움이 필요하다고만 생각할 뿐입니다. 막말로 어쩌면 그 사람에게 도움을 청하러 가는 사이 모든 것이 끝날지도 모릅니다."

황칠개가 지그시 입술을 깨물며 고개를 끄덕였다.

흡사 그녀의 솔직함이 오히려 그의 마음을 크게 움직인 것 같았다.

이내 고갯짓을 멈춘 그는 실없이 웃으며 중얼거렸다.

"그래 좋다. 실로 밝히기 두렵지만, 모름지기 최선을 노리되 최악에 대비하라고 했으니……!"

마침내 그는 마황동의 위치를 남궁유화에게 알려 주었다.

실로 밝히기 두렵다는 자신의 말을 증명하듯 다른 사람은 들을 수 없는 전음으로였다.

─몽고(蒙古) 중부인 이련호특(二連浩特)의 북부를 아우르는 대흥안령산맥(大興安嶺山脈)의 끝자락에 있다. 옹우특아극석(翁牛特牙克石), 그 지역 말로 '옹뉴드 야그시'라고 하는데 바로 '신성한 요새'라는 뜻을 가진 계곡의 상류다.

황칠개에게 전음으로 마황동의 위치를 전해 들은 남궁유화는 묵묵히 고개를 끄덕이며 물었다.

"제가 잠시 나서도 되겠습니까?"

황칠개가 어깨를 으쓱하며 대답했다.

"나야 이미 용무 끝난 사람이니 더는 기대지 말고 알아서 해라."

남궁유화는 자리에서 일어나서 현청자 등 구대 문파와 각대 문파의 대표들을 둘러보며 말했다.

"초대한 빨리 도움을 요청할 수 있도록 제가 직접 소수 정예를 구성해서 떠나겠습니다. 다만 제가 떠나면 틀림없이 미행이 붙을 겁니다. 내막을 알고 모르고를 떠나서 새로운 움직임에 적극적으로 반응하는 것이 간자들의 속성이니까요. 해서, 그에 대한 처리를 부탁드리고 싶습니다."

현청자가 고개를 끄덕이는 것으로 수긍하며 말을 받았다.

"남의 일처럼 말하지 마시오. 마땅히 우리 모두가 나서야 하는 일이 아니겠소."

대운 대사의 죽음으로 인해 본의 아니게 무림맹에 남은 소림사 제자들의 대표가 되어 버린 일대 제자 강유가 적극적으로 동조했다.

"지당하신 말씀입니다. 소승도 직접 나서서 힘을 보태기로 하겠습니다."

사실 무림맹으로 지원 나오기 이전에 소림사의 나한당을 책임지고 있던 강유는 지금 장내에서 설무백을 직접 만나 본 몇 안 되는 사람 중의 하나였다.

강유는 그래서 남궁유화의 입에서 설무백이 언급되는 순간부터 절로 고개를 끄덕이고 있었다.

내색은 삼갔으나, 설무백은 그간 그가 만나 본 사람들 중에 최고의 고수였고, 그 이전에 소림사의 화근을 제거해 준 은인과도 같은 존재인지라 남궁유화의 제안에 이견이 있을 수 없었던 것이다.

그런데 강유와는 조금 다른 입장이었으나, 마찬가지로 남궁유화의 제안에 이견이 없는 사람이 장내에 한 사람 더 있었다.

공동파의 장로인 현천상인이 바로 그 주인공이었다.

무림맹에 남은 공동파의 제자들을 대표하는 현천상인 역시 지난날 우연찮게 맺은 인연으로 말미암아 설무백에 대해서 익히 잘 알았고, 그로 인해 남궁유화의 제안을 반대할 이유가 없었다.

"본인도 지원하겠소. 이런 일이야말로 우리 구대 문파가 앞장 서야 될 것이 아니겠소이까."

"이 사람도 나서겠소."

"저도……!"

명실공히 강호 무림의 태산북두라는 소림사와 무당파의 대표가 적극적으로 수긍하고 동의하며 나선 일이라 안 그래도 거부할 사람이 없을 터였다.

다만 앞서 황칠개가 마황동의 위치를 굳이 전음으로 남궁유화에게만 알려 주는 바람에 분위기가 서먹서먹해져 버려서 다들 눈치를 보고 있던 참이었다.

못내 자신들마저 의심을 받는 것 같은 기분이 들었던 것인데, 공동파의 현천상인이 기꺼이 나서자 남은 구대 문파의 대표들도 줄줄이 나선 것이었다.

장내의 모두가 그렇듯 일사천리로 남궁유화의 의견에 동의했다.

구대 문파의 대표들이 나섰는데 나머지 각대 문파의 대표들이 나서지 않을 수 없는 것이다.

남궁유화는 그렇듯 모두의 동의가 떨어지자, 곧바로 자신과 함께 떠날 사람을 공표했다.

"희여산, 희 대주와 함께 가도록 하겠습니다. 괜찮죠?"

희여산이 묵묵히 고개를 끄덕이는 것으로 대답을 대신하는 참인데, 각대 문파의 자리에서 사내 하나가 일어났다.

"두 분 여협만 보낼 수는 없으니, 저도 같이 가도록 하겠습니다. 허락해 주십시오."

서문세가의 종손인 분뢰검 서문청도였다.

연로한 서문세가주를 대신해서 무림맹을 지원하던 서문세가의 호남제일검 서문하가 철수하면서 남겨 둔 서문세가의 대표가 바로 그였다.

남궁유화가 미간을 찌푸리고, 희여산이 곱지 않은 눈초리로 서문청도를 바라보았다.

서문청도가 어색하게 하하 하고 크게 웃으며 재빨리 말을 덧붙였다.

"하하, 두 분을 여자라고 무시하는 것이 아닙니다. 그저 먼 길을 갈 때는 아무래도 여자가 남자에 비해 불리한 점이 있으니 도우려는 것뿐입니다."

남궁유화의 유해진 표정과 달리 희여산의 싸늘한 눈초리는 서문청도의 변명을 듣고도 수그러들지 않았다.

서문청도가 못내 진땀을 흘리는 그때, 또 다른 사람이 나섰다.

"그렇다면 나도 같이 가도록 하지요."

용수담이었다.

남궁유화 등을 포함한 장내의 시선이 쏠리자, 그는 곰처럼 우람한 가슴을 치며 한마디 더했다.

"곱상한 젊은이들만 가면 어디를 가도 시비를 피할 수 없을 거요. 그건 내가 막도록 하겠소."

남궁유화는 미간이 일그러진 희여산의 어깨를 툭 쳐서 시선을 당기며 픽 웃는 낯으로 속삭였다.

"잔심부름시킬 종복이 생긴 것뿐이야."

희여산이 귀찮다는 듯 손을 내저으며 물러났다.

결국 그렇게 해서 남궁유화의 계획과 무관하게 두 명이 더해진 네 명의 인원이 확정되었다.

그때였다.

다급한 인기척이 들리더니 이내 문이 부서져라 벌컥 열고 뛰어 들어온 사내 하나가 숨을 헐떡이며 더듬더듬 보고했다.

"자, 자, 자파로 돌아가던 화, 화산파의 정예들이 저, 저, 적의 기습을 받았답니다!"

철옹성鐵甕城 (7)

오늘 무림맹에서 자파로 철수한 구대 문파 이하 각대 문파는 대략 백여 개로 추산할 수 있었다.

무림맹 소속의 각대 문파들 중에는 남궁세가처럼 애초에 소수 정예를 파견해서 철수하지 않은 문파도 있었고, 예하의 소규모 문파를 거느린 거대 방파도 적지 않아서 정확한 숫자는 파악하기 어렵기 때문에 대략 그렇게 추산할 수밖에 없었다.

그중에서 화산파는 구대 문파 중에서는 선두로 떠났지만 여타 문파에 비해서는 그리 빨리 떠난 편이 아니었다.

그런데 묘하게도 화산파가 가장 먼저 적의 공격을 알린 것이다.

그와 같은 전갈을 무림맹으로 가져온 것은 화산파 이대제자의 수좌이자, 화산칠검의 다섯째인 검정(劍情)이었다.

검정은 극비리에 자리를 비운 장문인 정인진인과 화산칠검의 수좌인 적엽진인 등을 대신해서 화산칠검의 넷째인 검영(劍英), 여섯째인 옥류(玉流)와 더불어 본산으로 철수하는 화산파의 제자들을 인솔하고 있었다.

선혈이 낭자한 상처투성이 몸으로 무림맹에 도착하자마자 혼절했다가 깨어나서 분한 듯 두려운 듯 턱을 덜덜 떨며 말하는 그의 증언에 따르면 상황은 이랬다.

정주를 벗어나서 서북쪽으로 뻗은 관도를 타고 달린 지 반시진가량이 지났을 무렵에 벌어진 일이었다.

매복이었다.

산허리를 돌아 직선으로 뻗은 관도로 들어서는 시점에 관도의 좌우편에서 적이 쏟아져 나왔고, 그들은 속절없이 당했다.

적의 인원은 그다지 많지 않았다.

대신에 강했다.

분명 적의 인원은 백 명을 넘지 않았는데, 거의 그에 준하는 팔십여 명의 화산파 제자들이 불과 몇 각만에 속절없이 당해 버렸다는 것이 피를 토하는 것 같은 검정의 절규였다.

그리고 끝내 그는 흐느껴 울며 자책하는 것으로 죽고 싶을 정도로 처절한 자신의 감정을 드러냈다.

"생존자는 없다. 옥류 사제도 당했고, 검영 사형은 그 자리에서 나를 탈출시키기 위해서 대신 칼을 맞았다. 흑흑……!"

검정은 자신을 부축하는 화산칠검의 막내 무허를 부여잡으며 통곡하다가 마침내 다시 혼절해 버렸다.

취의청에 모여 있다가 전갈을 듣고 혼절한 검정이 치료받고 있다는 약왕당(藥王堂)으로 우르르 몰려와서 기다리다가 검정이 깨어나기 무섭게 그와 같은 사건의 전모를 전해 듣던 구대 문파 이하 각대 문파의 대표들은 절로 몸서리를 치도록 경악했다.

화산파가 어떤 문파인가.

강호 무림의 기둥이자, 정도의 하늘이라는 구대 문파의 하나이다.

그것도 시대에 따라서는 소림과 함께 강호 무림의 태산북두로 일컫는 무당의 자리까지 넘보는 경우도 있던 검도명문이다.

막말로 말해서 화산파의 말단 제자도 일단 수중에 검이 쥐어지면 여타 무림 방파의 제자 수십을 어렵지 않게 상대할 수 있는 검도 고수인 것이다.

그런데 그런 검도고수인 화산파의 제자들이, 그것도 화산파를 대표하는 검객인 화산칠검의 셋이 포함된 팔십여 명의 화산파 제자들이 불과 몇 각만에 맥을 못 추고 당해 버렸다고 한다.

실로 두렵지 않을 수 없었다.

게다가 더욱 두려운 것은 이게 시작에 불과하다는 사실이었다.

불길한 예감은 언제나 틀리지 않는다는 식의 얘기가 아니었다.

이건 어쩌면 적이, 바로 마교가 무림맹의 상황을 손바닥처럼 보고 있는 것인지도 모른다는 남궁유화의 말이 단순한 추론이 아니라 사실이라는 것을 대변하는 사건이었다.

사실이 그렇다면 마교가 군이 화산파만을 공격하지는 않을 것이라는, 즉 오늘 무림맹에서 철수한 모든 문파들이 마교의 표적이라는 뜻인 것이다.

'화산파보다 먼저 떠난 문파들에게서 아무런 연락이 없는 것은 그들에겐 그럴 만한 여력조차 없이 당했다는 뜻이겠지.'

아마도 틀림없을 터였다.

화산파는 그나마 한 사람이라도 놈들의 마수에서 벗어날 수 있을 정도의 능력을 가졌지만, 화산파보다 먼저 떠났음에도 아무런 소식이 없는 문파들은 그만한 능력이 없었다고, 바로 전멸했다고 봐야 하는 것이다.

'본산이 당했다는 소식을 듣고 일찌감치 떠난 점창파를 제외하면 가장 인원이 많은 소림과 무당은 늦게 떠난 편에 속하니, 조금 더 기다려 보면 알겠지.'

남궁유화는 각대 문파의 대표들 모두가 근심과 불안으로 허덕이는 분위기 속에서 그와 같은 결론을 내렸다.

지금 확인한 화산파의 경우에 비추어 보면 자파로 돌아가는 각대 문파의 정예들이 거의 다 공격을 받았거나, 받을 거라는 확신이 들었지만, 지원 병력을 보낼 수는 없었다.

모두를 다 지원하려면 지금 무림맹에 남은 인원을 총동원해도 부족했다.

기본적으로 빠져나간 인원이 남은 인원보다 많은 것이다.

게다가 어쩌면 적이 그것을 노리고 있는지도 몰랐다.

무턱대고 병력을 동원했다가는 무림맹을 통째로 적의 수중으로 넘기는 꼴이 될 수도 있었다.

백 명에 육박하는 화산파의 정예들을 이처럼 속절없이 무너트리는 자들이 텅 비어져 버린 무림맹을 차지하는 것은 그야말로 식은 죽 먹기와 다름없을 터였다.

남궁유화는 생각이 거기에 이르자, 내막을 숨기고 모든 것을 계획한 무림맹주와 각파의 존장들이 실로 원망스러워서 자신도 모르게 황칠개를 노려보았다.

"……."

황칠개가 무색해진 얼굴로 그녀의 시선을 피했다.

지금 사태가 어떻게 돌아가고 있다는 것쯤은 그도 익히 짐작하고 있는 것이다.

하지만 그에게 무슨 죄가 있을 것인가.

어차피 그도 나름 적을 상대하기 위해서 최선을 다했을 뿐이 아니겠는가.

남궁유화는 그걸 알기에 애써 한숨으로 모든 것을 털어 내며 좌중을 향해 말했다.

"외람되다고 생각하실지 모르겠으나, 알게 모르게 맹주님의 장자방 노릇을 하던 사람으로서 감히 말씀드리겠습니다. 이유

여하를 막론하고 지원 병력은 보낼 수 없습니다. 그랬다가는 어쩌면 강호 무림의 마지막 보루가 될지도 모르는 무림맹이 사라질 수도 있습니다."

장내에 집결한 각대 문파의 대표들은 그녀의 말을 이해하지 못할 정도의 바보들이 아니었다.

하지만 그럼에도 불구하고 적극적으로 이의를 제기하는 사람들이 있었다.

그들도 어쩔 수 없는 사람이기에 자파와 동문에 대한 정이 대국을 주재할 책임감을 넘어선 경우였다.

"일부만이라도, 그러니까, 몇몇 소수 정예만을 선발해서 보내는 것도 안 되겠소?"

"소수랄 것도 없이, 그냥 한두 명만 보내는 건 어떻소? 적어도 어찌 돌아가는지 사정은 알아야 할 것이 아니겠소!"

남궁유화는 그들의 마음을 이해한다는 표정으로 대꾸했다.

"저는 그저 조언을 드리는 것뿐입니다. 모든 결정은 여러분들 각자가 알아서 하시면 되는 겁니다. 제가 여러분들을 제재할 아무런 지위도, 명분도 없으니까요. 단!"

그녀는 냉정하게 덧붙였다.

"한마디 더 조언하자면, 자신의 결정이 불러올 사태도 자신이 책임질 각오를 해야겠지요. 어쩌면 강호 무림의 마지막 보루가 될지도 모르는 무림맹의 붕괴에 대한 책임을 무엇으로 어떻게 져야 하는지는 저도 잘 모르겠지만 말입니다."

천외천의
주인

"음!"

여기저기서 당혹스러운 침음이 터졌다.

남궁유화는 그런 장내를 냉정한 눈빛으로 둘러보았다.

더는 나서서 입을 여는 사람이 없었다.

그녀는 그제야 황칠개에게 시선을 주며 다시 말했다.

"부탁이 있는데, 외부로 나가 있는 개방의 제자들 중 정보 수급에 필요한 절대 인원만을 제외하고 전부 다 불러들여 주세요. 이유는 모르겠으나, 가능하면 개봉 총타에 계시는 취죽개 어른도 호출해 주시고요. 짐작하시다시피 이제 시작에 불과합니다. 그런데다가 저들이 다음에 어떤 방법을 취할지 모르니 최대한 병력을 모아야 하는데, 지금 당장 그럴 만한 여력을 가진 곳은 개방밖에 없습니다."

황칠개가 어쩔 수 없다는 듯 마지못한 표정일망정 고개를 끄덕이는 것으로 수긍하며 말했다.

"솔직히 말하면 나는 여전히 혼란스럽다. 하지만 돌아가는 꼴을 보아하니 아무래도 내가 틀린 것 같다는 생각이 드는 것 또한 사실이다. 그러니 이제부터라도 네 말을 전적으로 따르마. 늦었다고 생각할 때가 가장 빠른 것일 테니까. 대신 하나만 당부하마. 실로 믿을 수 있는 사람이 아니라면 마황동의 위치는 절대 노출하지 마라."

남궁유화는 고집스럽다 못해 고리타분한 황칠개의 성정을 새삼 실감하면서도 다른 한편으로 그가 이번 일을 얼마나 진심으로 대하고 또 얼마나 절실하게 대했는지 충분히 느껴졌다.

아직 확실하진 않지만, 어쩌면 진짜 남궁위악을, 바로 진짜 할아버지를 죽인 것인지도 모른다는 생각에 못내 가시가 돋아 있던 그녀의 마음이 조금은 무뎌지고 있었다.

"과연 옛날 분이시네요."

그녀는 멋쩍게 웃으며 재우쳐 말했다.

"늦었다고 생각할 때가 가장 빠르다는 건 정말 옛날 말입니다. 늦었다고 생각할 때는 이미 늦은 겁니다. 그러니 제게 고맙게 생각하세요. 황 방주님은 늦었다고 생각할지 몰라도 저는 아직 늦지 않았다고 생각하니까요."

황칠개가 예리하게 그녀의 말을 이해하며 물었다.

"그가 그렇게나 믿을 수 있는 사람이라는 건가?"

남궁유화는 담담하게 고개를 저으며 대답했다.

"그건 저도 몰라요. 저는 다만 그를 믿고 싶을 뿐입니다. 누구를 믿는 건 자유니까요."

그녀는 피식 웃는 낯으로 재우쳐 물었다.

"그러니 이러다 실패해도 나는 몰라, 성공하면 좋지만 '실패해도 내 책임은 아니야'라는 식의 막 나가는 행동으로밖에 안 보이죠?"

시종일관 굳어져 있던 황칠개의 안색이 부드럽게 풀렸다.

그는 웃지 좋아하는 예전의 모습으로 돌아간 듯 만면에 미소를 지은 채 대답했다.

"아니, 왠지 더 믿고 싶어지는군그래. 근데······?"

그는 자신의 어깨로 곁에 서 있는 남궁유아의 어깨를 툭 치고는 턱짓으로 남궁유화를 가리키며 물었다.

"원래 소심한 성격 아니었나?"

남궁유아가 천만에 말씀이라는 표정으로 대답했다.

"잘못 보신 거예요. 내숭은 좀 많이 떨어도 소심과는 거리가 멀죠."

남궁유화는 새삼 피식 웃는 낮으로 두 사람을 외면하며 자리를 털고 일어났다.

그리고 황칠개를 시작으로 장내의 모두에게 공수하는 모습을 보이며 서둘러 돌아섰다.

"그럼 아까 제가 말씀드린 대로 뒤는 안심하고 다녀오겠습니다."

취의청에서 정해진 일행인 희여산과 용소담, 서문청도가 기다렸다는 듯 그녀의 뒤를 따라붙었다.

황칠개는 그렇듯 남궁유화 등이 떠난 자리에서 새로운 회의를 시작했다.

누군가 미행할 거라는 남궁유화의 조언에 대비하려는 짧고 간단한 회의였고, 그 내용은 곧바로 시행되었다.

무림맹의 영내를 지키는 기존의 경계와는 별도로 남궁유아가 이끄는 전위대인 천검대가 나서서 무림맹의 전역을 감시하기 시작한 것이다.

그런데 상황이 묘했다.

남궁유화 등이 떠나간 이후 무림맹을 나서는 사람은 단 하나도 없었다.

무림맹에 침습한 간세가 틀림없이 자신의 행적을 파악하려고 나설 거라는 남궁유화의 예측이 보기 좋게 어긋나 버린 것이었다.

대신 이제 시작에 불과하다는 그녀의 예측은 정확히 들어맞았다. 무림맹 밖으로 나서는 사람은 없어도 들어오는 사람들은 있었다.

바로 개방의 제자들이었는데, 그들은 하나같이 자파로 돌아가는 각대 문파의 제자들이 적의 매복과 기습에 크게 당했다는 소식을 들고 왔다.

그리고 그 소식에는 소림과 무당을 포함한 구대 문파도 포함되어 있었다.

다른 건 몰라도 소림사의 제자들이 당했다는 것은 실로 크나큰 충격이었다.

정주부의 무림맹과 소림사의 본산인 숭산이 자리한 등봉현(登封縣) 실로 지근거리라고 말할 수 있는 거리였다.

말을 타고 쉬엄쉬엄 달려도 아침 일찍 서두르면 날이 저물기 전에 도착할 수 있는 거리인 것이다.

그런데 천하의 소림사의 정예들이 그사이에 공격을 당해서 크나큰 피해를 입었다는 소식이었다.

적의 힘이 실로 가없다는 방증이었다.

그러나 남궁유화의 지시대로 움직이고 있던 황칠개 등 각대 문파의 대표들은 그것보다 남궁유화 등의 뒤를 미행하는 간세가 없다는 사실이 더욱더 신경이 쓰였다.

자파로 돌아가는 각대 문파의 정예들이 기습을 당하는 것은 이미 각오한 일이었으나, 무림맹의 내부에 침습한 간세들이 남궁유화 등의 뒤를 미행하지 않는다는 것은 예상을 벗어나는 일이라 그럴 수밖에 없었다.

"원숭이도 나무에서 떨어질 때가 있다는 건가?"

남궁유아는 저물어 가는 하늘을 바라보면서 그렇게 결론지었고, 다음 날 아침에 그녀의 얘기를 들은 황칠개 등 각대 문파의 대표들도 알게 모르게 묵묵히 고개를 끄덕이는 것으로 수긍했다.

다들 매우 신경이 쓰이는 기색일 뿐, 실질적인 충격은 없어 보였고, 오히려 한시름 놓는 눈치였다.

무림맹에 침습해 있는 마교의 간자들에게 남궁유화 등의 행적을 추적하려는 의지가 없다는 것을 불행 중 다행이라 여기는 것이다.

그러나 그게 아니었다.

무림맹의 요인들이 그와 같은 생각 혹은 바람으로 경황 중에도 안도한 그날 저녁, 남궁유화 등은 적을 맞이했다.

날이 저물며 어둠이 내리고 있었다.

섬서성의 성 경계를 목전에 두고 있는 남궁유화 등은 한서불침(寒暑不侵)의 고수들답지 않게 다들 이마에 땀방울이 송골송골 맺혔을 정도로 적잖게 지친 모습이었다.

내내 전력을 다해서 쉬지 않고 달리기도 했지만, 기본적으로 이목을 피하기 위해서 관도가 아닌 험한 샛길로만 이동하느라 더욱 피곤이 쌓였다.

그러나 남궁유화는 잠시라도 발길을 멈출 생각이 전혀 없었다.

당연했다.

이번 일은 시간을, 아니, 촉각을 다투는 일이었다.

설무백이 그녀의 부탁을 들어준다고 가정해도 제때에 도착하지 못하면 말짱 헛수고, 도로 아미타불이었다.

황칠개 앞에서는 적극적으로 내색을 삼갔으나, 그녀는 작금의 시점에 난데없이 등장한 마황동의 정보를 매우 불신하고 있으며, 더 나아가서 마교의 계략, 즉 반간계인 함정일 수도 있다고 생각하는 것이다.

그런데 그때였다.

용수담이 문득 발걸음을 멈추었다.

"……?"

남궁유화는 반사적으로 반응해서 발길을 멈추며 용수담을 돌아보았다.

그녀는 전력으로 달리고 있다고 해서 뒤따르는 사람의 움직임을 놓칠 정도의 하수가 아닌 것이다. 물론 용수담의 곁에서 달리던 희여산과 유독 지친 모습으로 땀을 뻘뻘 흘리며 따르던 서문청도도 다르지 않았다.

희여산은 그녀보다 빠르게, 서문청도는 간발의 차이로나마 그녀를 따라서 정지했다.

용수담이 그런 그들을 쳐다보지도 않고 손가락 하나를 입술에 대서 조용히 하라는 시늉을 했다.

"쉿!"

남궁유화은 그제야 감지했다.

미세한 인기척이 느껴졌다.

대번에 싸늘해진 희여산은 말할 것도 없고, 어리둥절해서 눈치를 보던 서문청도도 이내 안색을 굳히고 있었다.

하루가 지나고 다시 날이 저물도록 뒤따르는 적이 없어서 마음을 놓고 있었는데, 언제부터인지 모르게 이미 미행이 붙어 있었던 것 같았다.

그들이 감지하지 못하고 있던 적의 미행을 지금 용수담이 감지한 것이다.

용수담이 확인하듯 잠시 남궁유화 등과 시선을 마주하고 나서 이내 후방을 향해 자세를 바로하며 말했다.

"쥐새끼처럼 숨어서 남의 뒤꽁무니나 쫓아다니는 게 취미냐? 나는 누가 내 엉덩이 냄새 맡으면서 쫓아오는 건 딱 질색인 사람이니 그만 낯짝 좀 내미는 게 어때?"

미행자도 이미 남궁유화 등이 자신의 미행을 간파했다는 사실을 익히 느낀 까닭에 더는 숨길 생각이 없는 모양이었다.

"살다 보니 내가 남에게 쥐새끼라는 소리도 다 듣게 되는군 그래."

늙수그레하면서도 칼칼한 목소리와 함께 이제 막 어둠에 잠기기 시작한 후방의 수풀 속에서 아담한 체구에 허리까지 늘어진 백발의 마의노인 하나가 걸어 나왔다.

다만 마의노인은 혼자가 아니었다.

그의 뒤에는 저마다 크고 뚱뚱하고 작으면서 호리호리한 몸에 하나같이 피처럼 붉은 색의 장포를 포대처럼 헐렁하게 걸친 세 명의 노인이 따르고 있었다.

순간, 용수담의 얼굴이 차갑게 굳어졌고, 남궁유화와 희여산의 눈이 커졌으며, 서문청도는 새파랗게 질려 버렸다.

그들 모두가 대번에 상대, 마의노인의 정체를 알아본 것인데, 새파랗게 질린 서문청도가 믿을 수 없다는 투로 뇌까렸다.

"담황……?"

그랬다.

허리까지 늘어진 백발머리를 뒷덜미에서 질끈 묶고 있는 마의노인의 정체는 바로 거대 흑도 신마루의 주인이자, 천하 십대고수 중 무림사마의 하나인 혈목사마 담황이었다.

그 담황의 뒤를 따르는 적포노인들은 바로 담황과 피를 나눠

마셨다는 의형제들인 적포구마성의 세 사람이고 말이다.

"하긴……."

담황이 슬쩍 쳐다보는 것으로 서문청도의 입을 조개처럼 다물게 만들며 어색한 미소를 흘렸다.

"노부가 너무하긴 했지. 아무리 죽마고우의 부탁이라고는 하나 이 나이에 어린애들 미행이라니, 낯부끄럽기 짝이 없네. 미안하네."

용수담이 사과를 받는 대신에 슬쩍 고개를 돌려서 남궁유화를 바라보며 어깨를 으쓱였다.

도움을 청하는 눈빛이었다.

혈목사마 담황은 흑도천상회의 인물인데, 그는 무림맹과 흑도천상회의 관계를 정확히 모르는 것이다.

남궁유화는 난감한 기색으로 용수담의 시선을 마주했다.

지금은 무림맹과 흑도천상회의 관계를 따질 때가 아니었다.

이유 여하를 막론하고 작금의 시점에 담황이 그들의 뒤를 미행할 이유란 하나밖에 없기 때문이다.

그녀는 냉담하게 담황을 바라보며 그것을 물었다.

"천하의 혈목사마 담황 어른께서 대체 언제부터 마교의 주구가 된 거죠?"

담황이 끌끌 혀를 차며 답변 대신 탄식했다.

"남궁가의 계집이 되바라짐은 익히 잘 알고 있으나, 너는 특히나 당돌하구나. 제아무리 작금의 세태가 항렬과 선후배를 무

시하는 경향이 있다고 해도, 너와 노부 사이에는 족히 서너 세
대를 아우르는 시간이 존재하는데, 어찌 이리 발칙하게 군단 말
이더냐."

남궁유화는 비웃었다.

"마교의 주구라는 소리는 듣기 싫은 모양이죠?"

담황의 안색이 변했다.

그녀의 도발이 먹힌 듯 분노한 기색이었다.

남궁유화는 그것만으로도 원하는 것을 유추해 낼 수 있었다.

지금 담황은 마교의 지시를 따르고 있지만, 마교의 주구라는
소리에는 거부감을 느낄 정도로 내심 마교와의 사이에 벽을 쌓
고 있는 것이다.

이는 담황이 필요에 의해서 마교와 손을 잡았다는 뜻이며,
그가 가진 흑도천상회에서의 위치를 고려해 볼 때, 그에 준하는
흑도의 거두들 대다수가 그와 같은 입장일 수 있다는 추론이 가
능했다.

즉, 그녀의 걱정과 달리 흑도천상회가 마교의 힘에 굴복한
것은 아니라는 방증인 것이다.

'하긴, 어느새 흑도천상회를 힘으로 눌러 버렸을 정도라면
무림맹도 지금처럼 괜한 술수 부리지 않고 그렇게 했을 테지!'

남궁유화는 와중에도 순간적인 재기를 발휘해서 그와 같은
실속을 챙기고는 슬쩍 용수담을 바라보며 물었다.

"감당하실 수 있겠어요?"

혈목사마 담황을 염두에 두고 묻는 말이었고, 용수담도 대번에 그걸 알아들으며 멋쩍은 웃음을 흘렸다.

"상대는 천하 십대 고수의 한 사람이다. 일개 무부에 지나지 않은 내게 너무 큰 걸 기대하는 거 아닌가?"

"무당 속가 제일인께서 엄살이 너무 심한 거 아니에요?"

남궁유화의 말을 들은 용수담이 펄쩍 뛰었다.

"대체 누가 나를 무당 속가 제일인이라고 한다는 거지?"

남궁유화는 짧게 대꾸했다.

"용 대협의 사부이신 화운자께서 그러시더군요. 그리고 또 말씀해 주셨어요. 당신께서 무당의 율법을 어기면서까지 전해 준 진무칠절(眞武七絶)만 대성한다면 용 대협은 능히 당신의 사형인 무당마검 적현자 어른과 쌍벽을 이룰 고수가 되어서 무당의 미래를 책임질 수 있을 거라고요."

용수담이 실소했다.

"세월이 지나면 사람도 변한다더니만, 사부님께서도 그사이 없던 허풍이 느셨군."

남궁유화는 짐짓 눈총을 주며 다그쳤다.

"그래서 감당하겠다는 거예요, 말겠다는 거예요?"

용수담이 웃는 낯으로 허리에 매달고 있던 짧은 몽둥이, 단 곤을 꺼내들며 두 눈을 빛냈다.

"돌아가신 사부님을 허풍쟁이로 만들 수는 없으니, 어디 한 번 부딪쳐 보는 수밖에 없겠네."

남궁유화는 힘주어 말했다.

"그냥 부딪쳐 보는 것으로 끝나서는 절대 안 돼요. 적어도 반 식경은 버텨 줘야 해요. 그래야 제가 무사히 도망칠 수 있을 것 같으니까."

용수담이 투덜거렸다.

"무당 속가 제일인이라고 치켜세울 때는 언제고 고작 반 식경을 버텨라?"

남궁유화는 대수롭지 않게 그런 용수담을 외면하며 희여산과 서문청도를 바라보며 말했다.

"들었죠? 나는 싸우지 않고 무조건 튈 거예요. 그러니 나머지 노마들은 두 분이 맡아 줘야 해요. 물론 이미 말했다시피 적어도 반 식경은요."

희여산이 대답 대신에 허리를 감싼 혁대의 한쪽을 잡고 당겼다.

혁대 속에서 폭이 좁은 면도가 뽑혀 나왔다.

얼음처럼 혹은 매미 날개처럼 반투명한 검신을 가진 면도, 그녀가 좀처럼 꺼내 들지 않는 독문 병기인 설인(雪刃)이었다.

그녀는 그 설인을 낭창거리게 흔들어 보이며 뒤늦게 짧은 대답을 내놓았다.

"한번 해 보지."

서문청도가 붉어진 얼굴로 다급히 말했다.

"그런 게 어디 있소? 지금도 충분히 버거운데 남궁 여협마저 빠져나가면 우리는 그냥 죽는 수밖에 없는 거요! 같이 싸워야 하오!"

남궁유화가 쏘아붙였다.

"그럼 임무를 포기하자는 겁니까?"

서문청도가 언성을 높였다.

"지금 임무가 문제요? 우리 모두의 생사가 달렸지 않소!"

남궁유화가 하도 어이가 없어서 선뜻 대꾸도 못하고 황당해 하는 참인데, 희여산이 냉소를 날리며 나섰다.

"와, 이 새끼 이거 이제 보니 아주 더럽게 찌질한 놈이었네?"

"뭐, 뭐요? 찌질……?"

"우리 모두의 생사가 아니라 네 생사를 말하는 거지? 그렇지?"

희여산이 반발하는 서문청도를 매섭게 쏘아붙이고는 움찔하는 그의 귀때기를 거칠게 잡아챘다.

"악! 아니, 이게 무슨 짓……!"

서문청도가 비명을 지르며 반발했으나, 희여산은 교묘하게 자리를 바꾸어서 그의 손짓을 피하며 더욱 거칠게 귀때기를 잡아 당여서 남궁유화를 향해 밀쳤다.

"부탁인데, 이 새끼도 데려가라! 이런 새끼는 있어 봤자 도움은커녕 걸리적거려서 방해만 된다!"

서문청도가 발끈하려다가 희여산의 말을 듣고는 조개처럼 입을 다물며 남궁유화의 눈치를 봤다.

실로 수치도 모르는 인간으로 보였다.

남궁유화는 정말 한심한 서문청도의 태도에 절로 한숨을 내쉬었다. 그리고 이내 벌레를 바라보는 것 같은 눈빛으로 서문청도를 바라보며 경고했다.

"따라올 테면 따라와. 대신 뒤처지면 알지? 죽든지 살든지 너 알아서 행동해라? 알았지?"

어지간히 뻔뻔한 사람도 이 정도면 창피하고 부끄러워서 입도 벙긋 못할 텐데, 서문청도는 차원이 달랐다.

"걱정 마시오! 경공이라면 자신 있소!"

남궁유화는 정말 성질 같아서는 서문청도의 면상을 한 대 갈기고 싶었으나, 상황이 상황인지라 애써 화를 누르며 담황에게 시선을 주었다.

담황이 느긋하게 팔짱을 낀 채 그들을 바라보고 있다가 그녀와 시선이 마주치자 피식 웃으며 먼저 말했다.

"지금 뭐 하는 거지? 노부를 놀리겠다는 것도 아니고, 그렇게 대놓고 작전을 짜면 대체 어쩌자는 게냐?"

남궁유화가 따라 웃으며 대답했다.

"이렇게 대놓고 작전을 짜도 괜찮다고 생각하니까요. 설령 바로 따라올 여건이 되더라도 바로 따라오지 않을 것이라는 사실을 알거든요, 제가."

담황의 안색이 살짝 굳어졌다.

남궁유화는 그에 아랑곳하지 거듭 배시시 웃으며 말을 더했다.

"제가 어디로 누구에게 가는지 궁금해서 말이에요. 안 그래
요?"

담황이 비틀린 미소를 지었다.

"과연 소문대로 영특한 아이구나. 그래 그럴 참이다. 그리고
그건 네가 아무리 멀리 갔더라도 절대 놓치지 않을 자신이 내
게 있다는 뜻이기도 하다. 두렵지 않느냐?"

남궁유화는 어깨를 으쓱했다.

"그거야 나중 일이니, 아직 모르죠. 그럼 저는 이만……!"

말미에 손을 흔들어 보인 그녀는 순간적으로 돌아서서 신형
을 날렸다.

잠시 한눈을 팔고 있던 서문청도가 화들짝 놀라며 허겁지겁
그녀의 뒤를 따라갔다.

때를 같이해서 용수담과 희여산이 삼엄한 기색을 드높이며
재빨리 앞으로 나섰다.

남궁유화의 뒤를 따라가는 것은 절대 용납하지 않겠다는 태
도였다.

담황이 웃는 낯으로 그런 그들을 향해 알았다는 듯 손을 들
어 보이며 저편 숲으로 뛰어들어서 빠르게 어둠과 동화되어 가
는 남궁유화를 향해 소리쳤다.

"그래, 그렇게 쉬지 말고 서둘러라! 여기 애들 먼저 처리하고
바로 뒤따라가마!"

남궁유화는 전력을 다해서 달리느라 거칠게 귓가를 스치는 바람 소리 속에서도 담황의 외침을 들었다.

　　그녀는 그래서 더욱 이를 악물고 사력을 다해서 내달렸다.

　　내색은 삼갔으나, 그녀는 자신이 아무리 멀리 가도 얼마든지 놓치지 않고 따라잡을 자신이 있다는 담황의 말을 조금도 의심하지 않았기 때문이다.

　　담황은 그만한 능력을 가진 절대 고수였다.

　　적어도 자신과 담황 사이에는 그만한 실력의 차이가 존재한다는 것이 그녀의 판단이었다.

　　누가 뭐래도 담황은 강호 무림에서 열 손가락에 안에 꼽히는 절대자인 것이다.

　　다만 남궁유화는 그런 생각에도 불구하고 어쩔 수 없이 남겨둔 용수담과 희여산에 대한 미안한 감정으로 인해 눈물을 삼킬지언정 절대 두렵지는 않았다.

　　난주에 무사히 도착해서 설무백을 만날 수 있다는 가정 아래 그랬다.

　　남궁유화에게는 설무백이라면 설령 천하 십대 고수의 하나인 담황이라도 능히 상대할 수 있을 거라는 믿음이 있었다.

　　그런데 그와 같은 확고한 믿음이 방심을 부른 것 같았다.

　　남궁유화는 반 식경이나 전력을 다해서 내달리는 자신의 뒤를 조금도 뒤처지지 않고 따르는 서문청도의 경공술이 실로 의외라는 생각을 하면서도 일체 다른 의심은 하지 않고 있었다.

그러던 어느 한순간, 서문청도가 너무 바싹 다가섰다 싶은 느낌과 동시에 그녀는 그대로 전신이 마비가 되어 앞으로 고꾸라졌다.

서문청도가 느닷없이 그녀의 마혈을 점해 버린 것이다.

"헉!"

남궁유화는 달리던 속도를 이기지 못하고 말똥구리처럼 몇 바퀴나 데굴데굴 앞으로 굴러가다가 밤하늘을 바라보는 자세로 자빠져서 멈추었다.

그런 그녀의 시선에 들어온 하늘가로 히죽 웃는 서문청도의 얼굴이 드리워지자, 그녀는 정말 아무 생각이 들지 않았다.

"아니, 왜……?"

서문청도가 침을 흘리며 말했다.

"왜긴, 이년아! 다 이유가 있으니까 이러는 거지! 자세한 이야기는 나중에 하고, 일단 우리 한판 하자! 흐흐……!"

남궁유화는 분하고 억울하고 두렵기에 앞서 자신이 한심했다.

무림맹의 요인들에게 적의 간자들을 경계하라고 강조하며 갖은 잘난 척은 다해 놓고 정작 자신은 눈 뜬 장님처럼 간자를 옆구리에 차고 나온 것이다.

다만 그녀는 이성을 잃지 않고 침착했다.

욕정에 붉어진 눈으로 침을 흘리며 자신의 가슴 옷깃을 풀어헤치기 위해 손을 뻗는 서문청도의 얼굴을 바라보면서도 냉정을 잃지 않으며 저주를 퍼붓거나 울분을 토하지도 않았고, 두려움에 떨며 애걸복걸 매달리지도 않았다.

어떤 식으로든 반응을 보였다가는 아혈마저 점혈당해서 죽을 수 있는 권리를 빼앗길 것 같아서였다.

서문청도가 그런 그녀를 놀리듯 그녀의 가슴 옷깃을 천천히, 아주 느긋하게 풀어헤치며 희희낙락거렸다.

"이제야 말이지만 네년이 누군지도 모를 종자의 씨를 배는 바람에 그동안 내가 얼마나 가슴 아팠는지 알아?"

"……?"

"가슴이 아주 찢어지는 줄 알았어. 왜냐면 사실 너희 자매는 이미 오래전부터 내 것이었거든."

"……!"

"나는 그래도 그마저 용서해 주려고 했는데, 무림맹에서 내가 따라나서니까 너는 어땠냐? 나를 아주 더러운 벌레처럼 쳐다봤잖아. 이건 그때 결정된 거야. 사내는 순정을 거절당하면 악밖에 남는 게 없거든. 흐흐흐……!"

남궁유화는 자신의 가슴이 적나라하게 노출되는 것을 느끼며 마음을 다잡았다.

가슴이 메어졌다.

어쩔 수 없이 차오른 눈물로 인해 시야가 희뿌옇게 변하는 가운데, 아들 소천의 얼굴이 아련하게 스쳐 지나가고, 뒤를 이어 절대 생각하지 않으려고 했던 사내의 얼굴이 아른거렸다.

그녀는 그 순간 힘껏 혀를 깨물려다가 말고 눈을 깜빡거려서 두텁게 차오른 눈물을 떨쳐 냈다.

어째 자신의 가슴을 헤치던 서문청도의 손길이 멈추었다싶은 순간, 마치 환상처럼 혹은 착각처럼 희뿌옇게 변한 시야로 서문청도의 굳은 얼굴 뒤에 새로운 얼굴 하나가 겹쳐 보였기 때문이다.

그런데 환상도, 착각도 아니었다.

선명해진 그녀의 시야로 의문에 찬 눈빛을 드러낸 채 그림처럼 정지해 버린 서문청도의 모습과 그 뒤편에 드리워진 낯익은 사내의 얼굴이 들어왔다.

"어……?"

남궁유화가 꿈인지 생신지 몰라서 얼떨떨해하는 사이, 서문청도의 얼굴 뒤에 드리워진 얼굴의 주인인 사내, 설무백이 머쓱한 표정으로 서둘러 사과했다.

"미안. 난 또 누군가 해서 그만……!"

설무백의 사과와 함께 그녀의 몸을 누르고 있던 서문청도의 무게가 사라졌다.

서문청도의 뒷덜미를 움켜잡고 있던 설무백의 손이 뒤로 당겨진 까닭이었다.

허수아비같이 굳어진 서문청도의 신형이 타작을 끝낸 짚단처럼 저만치 뒤쪽으로 날아가서 바닥에 처박히고 있었다.

설무백은 그사이 손을 내밀어서 남궁유화의 흐트러진 옷매

무새를 바로해 주며 후다닥 몇 군데 혈도를 짚었다.

남궁유화가 점한 마혈을 풀어 준 것이다.

일반적으로 다른 사람이 봉쇄한 혈도를 풀 수 있는 방법은 두 가지로 한정되어 있었다.

같은 계열의 무공을 익힌 사람이거나 적어도 혈도를 점한 사람보다 배 이상의 내공을 소유한 사람이어야 한다는 것이 바로 그것인데, 설무백은 후자에 속했다.

설무백과 서문청도의 내공은 그 정도의 차이가 나는 것이다.

남궁유화는 서둘러 옷매무새를 바로하며 자리를 털고 일어나서 설무백을 바라보았다.

애써 태연을 가장하고 있지만, 절로 드러난 놀람과 당황, 의혹의 빛이 담긴 눈빛은 감출 수 없었다.

"어떻게 당신이 여기 있는 거죠?"

설무백은 실소했다.

"그건 내가 물어볼 얘기요. 대체 당신이 왜 여기서 이러고 있는 거요? 저놈은 또 왜 저 지랄인 거고?"

남궁유화는 설무백의 반문을 듣고 나서야 지금 자신이 이렇고 있을 때가 아니라는 것을 깨달으며 말했다.

"그냥 사정이 그렇게 됐어요. 그리고 저자는 마교의 주구인데, 본색을 드러낸 것뿐이고요."

"대체 무림맹에 무슨 일이 벌어진 거요?"

"아니, 그건 나중에 얘기하고, 그 전에……!"

남궁유화는 다급히 잘라 말했다.

"도와줘요! 나와 같이 왔던 용수담 선배와 여산 언니가 혈목사마 담황 등과 싸우고 있어요! 여기서 그리 멀지 않으니까 어서 그쪽으로! 빨리 가서 도와주지 않으면 살아남기 어려워요!"

설무백은 이래저래 여러 가지 의혹이 넘쳐났으나, 일체 더 묻지 않고 고개를 끄덕였다.

자존심 강한 남궁유화가 방금 전 자신이 당했던 일도 잊은 모습으로 주저하지 않고 도와달라고 사정하는 것부터가 상황이 얼마나 긴박한지를 대변하고 있었다.

"어느 쪽이오?"

"저쪽! 정신없이 달려와서 정확한지는 모르겠지만, 대략 백여 리가량의 거리일 거예요!"

"먼저 가 볼 테니까, 같이 오시오!"

설무백은 남궁유화의 설명이 끝나기 무섭게 말하며 신형을 날렸다.

순식간에 저편 어둠 속으로 사라지는 그의 모습은 한 마리 야조가 따로 없었다.

남궁유화는 그제야 한시름 놓으며 스르르 주저앉았다.

억지로 강단을 부리며 버티긴 했지만, 설무백이 눈앞에서 사라지자 절로 맥이 풀려 버렸다.

그때 거북이처럼 거대한 대월을 등에 짊어지고 있는 우직한 얼굴의 땅딸보 사내, 공야무륵이 어느새 서문청도를 어깨에 짊어진 채 그녀의 곁으로 다가와서 눈치를 보며 물었다.

"가실까요?"

"아, 예…… 어?"

남궁유화는 멋쩍은 기색으로 얼른 일어나다가 일순 적잖게 당황해 버렸다.

공야무륵이야 언제나 설무백의 곁을 그림자처럼 따르는 사람이라 익히 잘 알고 있었지만, 오늘 그의 곁에는 두 사람이 더 있었다.

방금 전에는 보이지 않았는데, 갑작스럽게 땅에서 솟은 유령처럼 홀연히 나타난 것이다.

적어도 은신술에 관해서는 그녀를 월등히 앞서는 사내들이라는 뜻인데, 기도 또한 예사롭지 않았다.

"누구……?"

남궁유화가 놀람 속에 어리둥절해서 묻자, 갑자기 나타난 두 사내가 무색한 얼굴로 공수했다.

"흑영입니다."

"백영입니다."

그리고 설무백이 사라진 방향을 향해 쓰게 입맛을 다시며 덧붙였다.

"주군이 저렇게 전력을 다하시면……."

"……저희는 따라갈 수가 없거든요."

설무백에게 도움을 청하며 밝힌 남궁유화의 말은 엄연히 짐작에 불과했지만, 명석한 그녀의 판단답게 추호도 어김없이 현실을 직시하고 있었다.

용수담은 무당 속가 제일인이라는 명성에 걸맞게 천하 십대고수의 하나인 담황을 상대로 선전했고, 희여산은 여중 제일고수를 다툰다는 명성이 무색할 정도로 당대의 흑도고수들인 적포구마성의 셋을 상대로 분전했으나, 그게 다였다.

용수담은 담황을 넘어설 수 없었다.

싸움이 시작된 이후 그는 거의 일방적으로 담황의 공격을 방어하는 데 전력을 다해야 했을 뿐, 단 한 번도 공격다운 공격을 하지 못하고 있었다.

담황의 절기인 구유음명신공과 그에 기반한 구유음명도법(九幽陰銘刀法)은 실로 강력했다.

화운자의 기대와 달리 아직 진무칠절을 완성하지 못한 그였기에 더욱 그렇게 느껴질 수밖에 없었다.

용수담은 이미 선혈이 낭자한 모습으로 변한 상태였고, 돌이키기 어려운 내상으로 허덕이며 피하고 물러나며 방어하기에도 버거워하고 있었다.

그리고 그것은 적포구마성 중 세 사람인 첫째 음풍수사(陰風秀士)와 셋째 구유사귀(九幽邪鬼), 넷째 독수비응(毒手飛鷹)의 합공을 대적하는 희여산의 상태도 크게 다르지 않았다.

겉모습만 보면 그녀, 희여산은 멀쩡했다.

입가에 매달린 한줄기 핏자국을 제외하면 백짓장처럼 창백한 기존의 안색이 조금 더 창백해졌을 뿐이었다.

하지만 그건 그녀의 독문무공인 빙백신공의 조화로 인한 모습에 불과했고, 실제의 그녀는 용수담보다 더 극심한 내상을 입은 상태였다.

음풍수사 등의 협공을 막아 낼 때마다 입가를 타고 흘러나오는 선혈이 그것을 대변하고 있었다.

일반적인 상처에서 흘리는 피보다는 붉기는 하지만 죽은피처럼 검붉지는 않고, 오히려 투명한 느낌을 주는 핏물이었다.

바로 진원지기(眞元之氣)를 담고 있는 기혈(氣血)인 것이다.

지금 희여산은 막대한 내상으로 인해 한 방울마다 적게는 수개월에서 많게는 일 년이 넘는 공력이 담긴 핏물을 흘리며 싸우고 있는 것이다.

그러나 이제 그나마도 더 이상은 버틸 수 없을 것 같았다.

그녀가 좌측과 우측에서 비스듬한 사선을 그리며 다가오는 음풍수사의 칼과 구유사귀의 쇠꼬챙이를, 이른바 자(刺)라는 기문병기를 순간적으로 내민 두 손으로 발휘한 극강의 빙백신공으로 얼려 버리는 것까지는 좋았다.

하지만 언제 어느 때 날아올랐는지 저 높은 곳에서부터 떨어져 내리며 머리를 노리는 독수비응의 흉측할 정도로 긴 손톱은

천하천의
주인

막아 낼 틈도, 재간도 없었다.

"아……!"

희여산은 자신의 죽음을 직감했다.

그녀는 시야로 크게 확대되어 오는 독수비응의 손톱을 바라보며 그녀는 허탈한 마음에 차라리 웃어 버렸다.

담황과 격돌하던 용수담이 그 순간에 그녀를 상황을 보았고, 그래서 그도 위험해졌다.

그녀를 구하기 위해서 담황의 칼을 막아야 할 수중의 방망이를 독수비응에게 던졌기 때문이다.

쐐애애액-!

용수담이 던진 방망이가 희여산을 머리를 향해 흉측하게 자란 손톱을 내미는 독수비응을 향해 날아갔다.

속도는 시위를 떠난 화살과 같고 그 속에 담긴 파괴력은 태산도 부서 버릴 것 같았다.

독수비응은 물러나지 않고 그대로 희여산을 노린다면 목숨을 걸어야 하고, 그 바람에 용수담은 목숨을 걸고 맨손으로 담황이 휘두른 칼날을 막아야 하는 상황이 찰나의 순간에 연출되어 버린 것이다.

설무백이 장내에 도착한 것이 바로 그때였다.

밤하늘을 가르는 유성처럼 장내로 떨어져 내린 그는 그 순간과 동시에 희여산을 노리던 독수비응을 공중에서 그대로 터트려 버렸고, 방망이를 내던진 용수담의 가슴을 향해 칼끝을 찔러 넣으려던 담황을 태풍에 휩쓸린 낙엽처럼 저만치 날려 버렸다.

　꽝―!

　뒤늦게 터진 벽력과도 같은 폭음이 장내를 가로질렀고, 그 순간에 설무백은 실로 유성처럼 지상으로 내려서고 있었다.

마황동魔皇洞 (1)

사람이 물풍선처럼 혹은 폭약을 담은 항아리처럼 터져서 흔적도 없이 산산이 흩어져 버리는 게 어떻게 가능할까?

가능하다면 대체 어느 정도의 힘이 가해졌다는 뜻일까?

"......!"

희여산은 눈앞에서 순간적으로 폭발하며 사라져 버린, 핏물도 아니고 붉은 안개로 흩어져 버리는 바람에 실로 그렇게 보이는 독수비응의 모습에 넋이 나가 버려 잠시 정신을 차릴 수가 없었다.

그리고 그것은 용수담도 다르지 않았다.

순간적으로 자신의 목숨을 노리던 담황이, 사력을 다한 자신의 공격도 눈 하나 깜짝하지 않고 막아 내며 한 발짝도 물러나지 않던 담황이 그야말로 추풍낙엽처럼 날아가는 상황인 실로 눈으로 보면서도 믿을 수 없는 환상과도 같아서 그는 잠시 완전히 얼어붙어 버렸다.

"……."

방금 전까지만 해도 뒤엉킨 격전으로 요란하게 시끄럽던 장내가 찬물을 끼얹은 것처럼 고요하게 변했다.

설무백의 신위에 넋이 나갈 정도로 놀란 것은 희여산을 공격하다가 막혀서 다음을 준비하던 적포구마성의 두 사람, 음풍수사와 구유사귀도 예외가 아니었기 때문이다.

누구도 움직이거나 입을 열지 않았다.

다들 그림처럼 정지한 상태로 설무백을 주시하고만 있어서 마치 시간이 멈춘 것 같았다.

그때 유성처럼 나타나서 졸지에 그처럼 장내를 잠재우며 지상으로 내려앉은 사람인 설무백이 더욱 가관인 한마디 혼잣말을 흘렸다.

"너무 셌나?"

"……!"

"……!"

새로운 충격이었다.

장내의 시간이 다시 흐르기 시작했다.

"……놈!"

저 멀리 자리한 산비탈까지 날아가서 등부터 처박힌 채로 울컥 피를 토하다가 설무백을 바라보던 담황이 분노를 토하며 그대로 쏘아졌다.

빨랐다.

아무런 사전 동작도 없이 발휘한 경공이었으나, 십여 장이 넘는 거리가 한순간에 사라지며 작열하는 벼락처럼 이글거리는 그의 칼끝이 벌써 설무백의 면전에 육박해 있었다.

그러나 설무백은 놀라지도, 당황하지도 않았고, 하물며 피하지도 않았다.

그는 그저 쇄도하는 담황을 물끄러미 바라보고 있다가 일순 손을 내밀어서 면전으로 다가선 담황의 칼끝을 막아 냈다.

맨손이 아니라 요술처럼 순간적으로 그의 손에 들린 환검 백아였다.

쩡-!

거친 금속성이 터지며 눈부신 섬광이 명멸했다.

담황의 칼과 설무백의 백아가 충돌하며 일어난 여파, 검기의 비산이었다.

그리고 다음 순간 담황의 칼이 산산이 깨져 나갔다.

사령도(死靈刀)라는 이름을 가진 담황의 칼은 비록 십대기문병기나 십대 흉기에 이름을 올리지는 못했어도, 엄연히 작금의 강호 무림에서 백대기병(百大器兵)의 하나로 꼽히는 무기였으나, 설무백이 백아에 실은 공력을 감당하지 못한 것이다.

쩡-!

담황은 온몸이 쩌릿한 통증 속에서 기겁하며 물러났으나, 이미 늦었다.

내가기공을 익힌 고수들이 서로 무기를 충돌한 결과로 한쪽의 무기가 부러지거나 깨지면 그냥 무기가 부러졌다, 깨졌다, 정도로 끝나는 것이 아니었다.

당연히 그 무기를 든 사람도 엄청난 충격을 먹게 되고, 심하면 상당한 내상을 입을 수도 있었다.

지금 담황이 그런 경우였다.

그것도 단순히 부러지거나 일부가 깨진 정도가 아니라 그야말로 산산조각으로 박살 난 경우라 그 피해가 실로 엄청났다.

막대한 내상을 입으며 울컥 피를 토하는 것은 물론, 비산하는 칼의 파편을 뒤집어쓰는 바람에 선혈이 낭자한 모습으로 변해서 물러나고 있었다.

마치 폭죽이 터지는 것처럼 일시에 박살 나서 비산하는 칼의 파편에는 전력을 다한 그의 강기마저 서려 있어서 더욱 피해가 컸다.

하지만 어지간한 사람도 고통에 몸부림칠 그런 상황 속에서도 담황은 경악과 불신이 먼저였다.

허공에 떠오른 채로 자신을 바라보는 설무백은 털끝 하나 다치지 않고 멀쩡했기 때문이다.

"크으……!"

담황은 그제야 신음을 흘렸다.

온몸으로 느끼는 무지막지한 공력의 차이, 천신처럼 막강하고 도도한 설무백의 모습이 뒤늦게 그에게 아픔을 가져다준 것 같았다.

그나마 다행인 것은 허무하다 못해 황당무계한 형제의 죽음 앞에서 넋을 놓고 있던 적포구마성의 두 사람, 음풍수사와 구유사귀가 정신을 차렸다는 사실이었다.

"놈!"

"죽어!"

누가 먼저랄 것도 없이 동시에 나선 음풍수사와 구유사귀가 물러나는 담황을 향해 다가가는 설무백에게 쇄도했다.

누구라도 알 수 있는 압도적인 실력의 차이를 그들만은 전혀 느끼지 못하는 모양이었다. 아니, 형제의 죽음이 이성을 마비시킨 것일 터였다.

각기 비수처럼 날카로운 칼과 부지깽이처럼 길쭉한 쇠꼬챙이를 앞세우고 설무백을 덮쳐 가는 그들의 눈빛에는 오직 살기만이 가득했다.

"조심……!"

희여산이 부지불식간에 소리쳤다.

용수담은 벌써 그들의 앞을 막으려는 듯 반사적으로 신형을 날렸다.

다음 순간, 다급히 소리친 희여산도, 무턱대고 그들의 앞을 막으려고 나섰던 용수담도 그대로 굳어졌다.

이미 시기적으로 늦기도 했지만, 그게 앞서 설무백의 반응이 그들을 그렇게 만들어 버렸다.

　설무백이 물러나는 담황을 향해 다가서는 그대로 두 손을 좌우로 뻗어 내 음풍수사와 구유사귀가 무섭게 쇄도해 가며 내지른 칼과 쇠꼬챙이를 수수깡처럼 부러트려 버렸고, 더 나아가 그들의 목을 덥석 움켜잡아 버렸다.

　어찌나 그 모습이 자연스럽게 보이던지 이건 마치 음풍수사와 구유사귀가 스스로 자신들의 목을 설무백의 손아귀에 밀어 넣은 것 같았다.

　"컥!"

　"크억!"

　설무백의 손아귀에 힘이 가해졌다.

　경악과 불신에찬 눈빛을 드러내며 신음하던 음풍수사와 구유사귀가 그의 손에 매달려서 바둥거리다가 이내 흙빛으로 변한 얼굴, 핏물이 배인 뜬 눈으로 서서히 혀를 빼물며 힘없이 축 늘어졌다.

　작금의 강호 무림에서 능히 흑도 백대 고수로 꼽힌다는 천하의 적포구마성의 두 사람이 어처구니없게도 사람의 손에 목이 졸려서 죽어 버린 것이다.

　"익!"

　경악과 분노가 뒤엉킨 안색으로 부르르 진저리를 치던 담황의 눈이 돌아갔다.

그는 그대로 신형을 날려서 공중으로 떠올랐다.

순간적으로 그의 신형이 여러 개로 분리되고 있었다.

"구유연대음명장(九幽蓮臺陰銘掌)!"

지상의 용수담이 경고하듯 소리치고 있었다.

담황의 신형은 어느새 분신술(分身術)이라고 말할 수밖에 없을 정도로 수십 개로 나뉘어서 허공을 떠돌고 있었다.

설무백은 용수담의 경고를 들었음에도 불구하고 그저 제자리에 두둥실 떠서 꼼짝도 하지 않고 바라만 보았다.

담황이 그 순간 두 손을 가슴 앞에서 모았다가 펼쳐 내며 설무백을 향해 길게 뻗어 냈다.

장력이었다.

수십 개의 분신들이 일제히 같은 자세, 같은 동작으로 설무백을 향해 장력을 쏟아 내는 그 모습은 실로 장관이었다.

그리고 그에 준하는 엄청난 파공음이 터졌다.

콰광―!

설무백은 그제야 반응했다.

그는 불끈 주먹을 쥔 두 손을 가슴 앞에서 교차했다.

그의 몸에서 눈부신 광체가, 바로 고절한 호신강기가 일어났고, 그 순간 수십 명의 담황이 쏘아 낸 장력들이 고스란히 그에게 격중되었다.

콰과광―!

천지를 뒤흔드는 엄청난 굉음이 터졌다.

허공에 떠 있던 설무백의 신형이 누가 당긴 것처럼 뒤로 미끄러지는 가운데, 그 아래 바닥에서는 땅거죽이 뒤집어지며 희뿌연 흙먼지가 솟구쳐 올라서 밤하늘을 가득 메우고 있었다.

그리고 그 사이로 한줄기 섬광이 쏘아졌다.

엄청난 장력의 여파에 튕겨지는 설무백과 수십 개의 담황 중 하나와 연결되는 섬광이었다.

때를 같이해서!

"크으으……!"

억눌린 비명이 밤하늘을 가로질렀다.

담황의 비명이었다.

수십 개로 나뉘어서 허공을 떠돌던 담황의 분신이 순식간에 하나로 합쳐지며 지상으로 추락했다.

쿵-!

곤두박질치듯 바닥으로 떨어졌다가 힘겹게 일어나서 비틀거리는 담황의 한쪽 가슴에는 한 자루 장창이 깊숙하게 꽂혀 있었다.

설무백이 공방일체의 묘리에 따라 날린 흑린이 추호도 여지없이 그의 호신강기를 뚫고 가슴을 관통해 버렸던 것이다.

"흑린이군. 네가 양 가의 외손자인가?"

담황이 흑린을 알아봤다.

흡사 천신처럼 곧게 선 자세 그대로 서서히 하강해서 지상으로 내려온 설무백은 냉정한 눈빛으로 담황을 바라보며 말했다.

"그걸 기억하니, 억울하진 않겠네."

흑린을 살펴보던 담황이 고개를 들어서 설무백을 바라보며 물었다.

"이기어술인가?"

설무백은 대답 대신 무심하게 손을 내밀었다.

당기는 시늉 없이 그냥 앞으로 내밀어진 손짓에 불과했으나, 그 순간 담황의 가슴을 관통하고 있던 양날 창 흑린이 마치 말 잘 듣는 강아지처럼 그대로 빠져나와 그의 손으로 돌아왔다.

"크으……!"

담황이 신음하며 주저앉았다.

흑린이 빠져나간 그의 가슴에서는 분수 같은 핏줄기가 뿜어지고 있었다.

그는 그 상태로 지혈할 생각도 하지 않고 설무백을 바라보며 비틀린 미소를 지었다.

"양 가 그 늙은이의 말이 사실이었군그래. 실로 후환을 두려워해야 할 것이라고 하더니만, 그냥 하는 허풍이 아니었어. 그런데……?"

담황은 문득 고개를 갸웃거리며 재우쳐 물었다.

"……갑자기 하늘에서 떨어진 기연을 얻어서 강해진 것은 아닐 테고, 그 실력을 가지고도 왜 진즉에 복수하러 나를 찾아오지 않은 거지?"

설무백은 수중의 흑린을 요술처럼 소매 속 팔뚝에 갈무리하며 시큰둥하게 대답했다.

"칼에 찔렸다고 칼자루를 쥐고 흔드는 놈을 놔두고 칼에게 복수하는 바보짓은 하고 싶지 않아서."

담황이 검붉은 피물이 흘러나오기 시작한 입으로 픽 하고 실소했다.

"노부가, 천하의 이 담황이 고작 남에 손에 들린 칼로 보였단 말이지?"

설무백은 대수롭지 않게 대꾸했다.

"아무리 생각해도 당신들이 우리 할아버지를 노릴 이유가 없잖아. 딱 하나, 남의 손에 들린 칼이라는 이유를 빼면 말이야."

담황이 가소롭다는 눈빛으로 설무백을 바라보았다.

"그럼 이제 노부를, 아니, 우리를 쥐고 흔드는 자들까지 상대할 자신이 생겨서 나섰다는 거냐?"

"아니."

설무백은 태연하게 고개를 저으며 있는 그대로 솔직하게 대꾸했다.

"그냥 우연히 지나가는 길이었어. 당신은 그냥 재수가 없었을 뿐이야. 아무리 칼자루를 잡은 주인이 따로 있는 칼이라도 내 식구를 찌르려는 게 눈에 보이는데 그냥 지나갈 수 없잖아."

담황이 발끈해서 언성을 높였다.

"주인이 아냐! 노부는 누구의 종복도 아니고, 누구도 노부의 주인이 될 수 없다! 노부는 단지 칼 노릇을 하지 않으려고 잠시 칼 노릇을 하고 있을 뿐이다!"

설무백은 지금 담황의 말이 거짓으로 들리지 않았다.

정말 그런 것 같았고, 그래서 이해할 수 있을 것도 같았다.

담황에게서는 일말의 마기도 느껴지지 않기 때문에 더욱 그랬다.

하지만 이해는 해도 용납할 수는 없었다.

자신의 꿈이나 이상을 위해서 타인의 목숨을 제물로 삼는다는 것은 전생의 그는 몰라도 지금의 그는 절대 허용할 수 없는 일이었다.

그래서 그는 충분히 이해한다는 듯 고개를 끄덕이며 너무나도 무심해서 더 없이 냉혹하게 들리는 목소리로 말했다.

"그래, 그럼. 원한다면 그렇게 생각하며 죽어."

담황의 흥분이 거짓말처럼 가라앉았다.

대신에 그는 하얗게 질린 얼굴로 웃으며 설무백을 바라보았다.

"넌 대체 어떤 놈이냐?"

설무백은 고개를 갸웃거렸다.

"글쎄……?"

그는 뜻 모를 미소를 지으며 뚜벅뚜벅 담황의 면전으로 다가가서 한무릎을 꿇고 얼굴을 마주했다.

"그냥 그런 거 묻지 마. 사실 가끔 나도 내가 누군지 잘 모르겠으니까."

담황의 눈빛이 불안하게 흔들렸다.

면전으로 다가선 설무백의 존재감에 완전히 압도당한 모습이었다.

그 상태로, 그는 마치 한없이 걷다가 막다른 골목에 다다른 사람처럼 힘없는 미소를 흘리며 탄식했다.

"아쉽네. 너에 대해서 보다 더 알았더라면 이렇게 한심하게 당하지는 않았을 텐데. 적어도 피하기는 했을 테니까."

설무백은 고개를 저으며 단정했다.

"아니, 우리는 언제고 틀림없이 만날 운명이었어. 당신이 내 할아버지를 노린 그 순간부터 말이야."

"하긴……."

담황이 체념하듯 인정하고는 문득 웃으며 다시 말했다.

"양 가 그 녀석처럼 나도 네게 후환을 조심하는 게 좋을 거라는 얘기를 해 주고 싶은데, 그럴 수 없는 것도 정말 분하군. 하지만……."

그는 말미에 무언가 혼자 납득한 표정으로 말을 덧붙였다.

"……다른 녀석들도 나와 같을 테니 조금 위로는 되네. 멍청하게 여태껏 아무도 너를 경계하고 있지 않았거든. 그러니 잘해 봐라. 흐흐흐……!"

음충맞은 기소와 함께 검붉은 핏물을 흘려대는 담황의 얼굴에 서서히 죽음의 그림자가 드리워지고 있었다.

왠지 모르게 망설이는 기색이던 설무백은 이내 작심한 듯 눈을 빛내며 손을 내밀어서 담황의 얼굴을 덮었다.

설무백의 손이 검은 기류에 휩싸였다.

천마령에 기인한 흡정흡기신공의 발현이었다.

설무백의 손에서 피어난 검은 기류가 아지랑이처럼 아른거리는 가운데, 담황이 빠르게 시들고 마르며 뼈와 거죽만 남은 목내이로 변해서 죽어 버렸다.

"쳇! 죽어라 쫓아왔는데도 끼어들 틈이 없네!"

설무백이 손을 털고 일어났을 때, 실로 기분 상해서 혀를 차며 투덜거리는 목소리가 들려왔다.

지근거리에 있는 아름드리나무의 높은 가지였다.

요사스러울 정도로 빼어난 미모를 지는 소녀, 요미가 입이 댓 발은 나온 모습으로 팔짱을 끼고 앉아 있었다.

설무백은 애써 멋쩍은 기색을 감추며 요미를 무시했다.

요미가 간발의 차이로 장내에 도착해서 자신의 싸움을 지켜보고 있었다는 사실을 그는 익히 잘 알고 있었다.

다행히도 때마침 남궁유화가 공야무륵과 함께 흑영과 백영의 암중비호를 받으며 장내에 도착했다.

그때까지도 어색한 모습으로 굳어져 있던 희여산이 그제야 정신을 차리며 남궁유화를 맞이했다.

"뭐야? 저 사람이 왜 여기에 있어?"

난데없이 등장한 설무백에 대해서 정작 당사자에게는 묻지 못하고 남궁유화에게 묻는 것이었다.

남궁유화가 어깨를 으쓱하며 대답했다.

"저도 아직 그걸 못 물어봤어요."

희여산과 마찬가지로 멍해져 있다가 정신을 차린 용수담이 이제야 알았다는 듯 반색했다.

"아, 자네가 바로 설무백이군!"

설무백은 어색한 표정으로 쳐다보며 확인했다.

"용수담, 용 선배인가요?"

용수담이 호탕하게 웃는 낯으로 인정했다.

"그러네, 내가 바로 산동의 용 아무개일세. 어쩌다 보니 자네를 찾아가는 남궁 소저 일행이 되었다네. 하하하……!"

"아, 예…… 반갑습니다. 설무백입니다."

설무백은 어색한 표정으로 용수담과 인사를 나누고는 이내 남궁유화를 바라보며 물었다.

"나를 찾아오는 중이었소?"

남궁유화가 습관처럼 고개를 끄덕이며 대답했다.

"예, 그래요. 도움을 청할 게 있어서 당신을 찾아가는 중이었어요."

"당신이……?"

설무백은 실로 의외라서 자신도 모르게 손가락으로 남궁유화와 자신을 번갈아 가리키며 확인했다.

"내게?"

남궁유화가 미간을 찌푸렸다.

"왜 그렇게 의외라는 반응이죠?"

설무백은 계면쩍은 표정을 지을망정 솔직하게 대답했다.

"그게 뭐든 생전 내게 부탁할 사람이 아니라고 생각해서 말이오."

사실이었다.

설무백은 매사에 도도하기 짝이 없는 남궁유화가 자신에게 무언가를 부탁한다는 것은 한 번도 생각해 본 적이 없었다.

따지고 보면 오늘 그가 뜻밖으로 여기서 남궁유화를 만난 것이 그 때문이었다.

남궁유화는 말할 것도 없고, 남궁유아나 희여산도 선뜻 그에게 도움을 청할 사람이 아니었고, 그래서 그는 예상과 달리 이른 시점에 마교가 발호했다는 소식을 듣고 무림맹으로 가다가 우연찮게 위기에 처한 그녀와 조우하게 되었던 것이다.

설무백의 그런 마음을 아는지 모르는지, 남궁유화가 어째 묘하는 눈빛으로 바라보며 물었다.

"그러는 대당가께서는 무슨 일로 이곳에 나타난 거죠?"

설무백은 대충 얼버무려 대답했다.

"볼일이 있어서 어딜 다녀가는 중이었소."

남궁유화가 집요하게 캐물었다.

"어디에 무슨 볼일요?"

설무백은 대답이 궁색했으나, 그렇다고 굳이 어려워도 도움을 청하지 않을 그녀들 때문에 무림맹의 상황이 걱정돼 가는 중이었다고는 말할 수가 없어서 사뭇 냉정하게 말문을 돌렸다.

"아무리 봐도 지금 중요한 건 그게 아니라 내게 도움을 청하려던 당신의 문제인 것 같소만?"

남궁유화가 아차 하는 표정으로 안색을 바꾸며 인정했다.

"과연 그러네요."

설무백은 애써 무심을 가장하며 물었다.

"말해 보시오. 대체 무슨 일이오?"

"다름이 아니라……!"

남궁유화는 서둘러 무림맹에서 일어났던 사건을 조목조목 나열하며 무림맹주 화운자의 서거를 알렸고, 그 이후에 알게 된 구대 문파 이하 각대 문파의 존장들이 마황동으로 떠난 사연도 밝혔다.

그리고 말미에 물었다.

"어떻게 생각해요? 제가 너무 과민한 건가요?"

설무백은 천만에 말씀이라는 듯 정색하며 고개를 저었다.

"절대 그렇지 않소. 실로 제대로 보았소. 아니, 그게 사실이든 아니든 내 생각도 같소. 저들이라면 충분히 그러고도 남음이 있소."

남궁유화가 미온하게나마 반색하며 물었다.

"그 말인 즉, 도와줄 수 있다는 뜻이겠죠?"

"아, 그게 그 말이었소?"

"그럼 내게 고작 그게 옳은 판단인지 아닌지나 물어보려고 당신을 만나려 했다고 생각해요?"

설무백은 도움을 요청하면서도 여전히 뾰족한 성미를 드러내는 남궁유화의 태도에 절로 고소를 금치 못했다.

"부탁하는 사람치고 너무 뻣뻣한 거 아니오?"

남궁유화가 폐부를 찌르는 질문에도 전혀 움츠려들지 않고 대답했다.

"어차피 제 판단은 그럴 수도 있고, 아닐 수도 있는 반반이에요. 아니, 솔직히 말하면 설령 제 우려가 현실이라고 해도 이렇게 제가 나서는 것이 너무 주제넘은 짓일 수도 있다는 생각이 들 정도로 후자에 더욱 힘이 실려요."

"반반? 후자에 더 힘이 실린다?"

설무백은 웃는 낯으로 재우쳐 물었다.

"정말 그렇게 생각하오?"

남궁유화가 대답 대신 자신의 주관을 마저 설파했다.

"구대 문파와 각대 문파의 존장들이 저마다 믿을 만한 수족들을 대동하고 나섰어요. 보통의 생각이라면 설령 함정이라고 해도 실패할 가능성이 거의 없다고 보는 것이 상식이에요."

설무백은 웃음기를 지우치 않은 채 꼬집어 물었다.

"그런데 당신은 왜 상식을 벗어나서 내게 도움을 청하는 거요?"

남궁유화가 추호도 망설임 없이 딱 부러지게 대답했다.

"세상에는 상식을 벗어나는 일이 얼마든지 있고, 저는 그 마저도 대비하고 싶으니까요."

그녀는 거절은 절대 용납할 수 없다는 눈빛으로 설무백을 뚫어지게 쳐다보며 재우쳐 짧게 확인했다.

"도와줄 거죠?"

설무백은 새삼 고소를 금치 못했으나, 애써 감추며 승낙했다.

"물론이오."

남궁유화가 반색하며 말했다.

"마황동의 위치는······!"

설무백은 재빨리 손을 들어서 남궁유화의 말문을 막았다.

남궁유화가 어리둥절해서 바라보았다.

설무백은 사뭇 냉정하게 말했다.

"대신 조건이 있소."

남궁유화가 미간을 찌푸렸다.

"어떤 조건이죠?"

설무백은 미심쩍게 바라보는 그녀, 남궁유화를 시작으로 희여산과 용수담을 차례대로 둘러보며 말했다.

"당신들은 같이 갈 수 없소."

용수담이 쓴웃음을 흘리며 말했다.

"아무래도 나 때문인 것 같군그래."

설무백은 굳이 숨기지 않고 인정했다.

"그런 면도 있으니 부정하지 않겠습니다만······."

그의 시선이 남궁유화와 희여산에게 돌려졌다.

"애 엄마를 데려가는 것도 도리가 아닌 것 같고, 희 여협은 저보다 무림맹에 더 필요한 사람이라고 생각하기 때문도 있습니다."

용수담이 애매해진 감정을 대변하듯 애매하게 일그러진 표정으로 남궁유화와 희여산을 쳐다봤다.

자신의 처지만 생각하고 무심결에 도움을 구하려는 눈빛이었으나, 그녀들은 그에게 신경 쓸 겨를이 없었다.

남궁유화는 못내 분하지만 인정할 수밖에 없다는 눈빛을 드러낸 채, 희여산은 싫지만 어쩔 수 없다는 기색으로 고개를 끄덕였다.

다들 그보다 더 실망한 태도를 보이는 것이다.

설무백은 그런 그들을 아무렇지도 않게 쳐다보며 말했다.

"그럼 그렇게 하는 것으로 알고, 우선 애부터 살펴보도록 하죠."

공야무륵이 눈치 빠르게 어깨에 짊어지고 있던 서문청도를 처박듯이 거칠게 바닥으로 내동댕이쳤다.

사정을 모르는 용수담과 희여산이 어리둥절해했다.

남궁유화가 말했다.

"나를 겁탈하려 했어요."

용수담과 희여산이 그제야 납득하며 고개를 끄덕이는 가운데, 설무백이 나서서 바닥에 엎어진 서문청도의 마혈을 풀어 주었다.

마혈이 풀어졌음에도 서문청도는 깨어나지 않았다.

앞서 설무백에게 당한 일격이 워낙 막대했던 것이다.

퍽-!

공야무륵이 기다렸다는 듯 서문청도의 옆구리를 걷어찼다.

"악!"

서문청도가 비명을 지르며 깨어났다.

공야무륵이 가장 아픈 부위를 내공을 실은 발길질로 걷어찼던 것이다.

옆구리를 부여잡고 끙끙거리던 서문청도가 이내 주변의 싸늘한 시선들을 느끼고 자신의 처지를 인지한 듯 반사적으로 벌떡 일어났다.

설무백은 진정하라는 듯 손을 내밀어 보이며 말했다.

"일어나는 건 괜찮은데, 내공은 운기하지 마라. 그럼 꽤나 아플 테니까."

그냥 하는 공갈이 아니었다.

앞서 설무백은 마혈을 풀어 주면서 모종의 수법으로 서문청도의 기해혈만을, 바로 기의 바다라는 단전만을 봉쇄해 놓았던 것이다.

그러나 서문청도는 그의 말을 믿지 않았다.

"으아악!"

설무백의 말이 끝나기 무섭게 서문청도가 배를 부여잡고 바닥을 데굴데굴 구르며 비명을 내질렀다.

설무백의 말을 불신하며 곧바로 내공을 운기했던 것이다.

"남들도 다 자기 같은 줄 아는 거지."

설무백은 끌끌 혀를 찼다.

그러면서도 도와줄 생각은 않고 그저 묵묵히 기다렸다.

그는 자신의 말을 불신하는 놈에게 도움을 주는 사람이 아니었다.

이윽고, 고통이 가라앉은 서문청도가 식은땀을 뻘뻘 흘리는 모습으로 설무백을 잡아먹을 듯이 노려보았다.

설무백은 픽 웃으며 물었다.

"눈깔을 뽑아 주리?"

서문청도가 천박할 정도로 직설적인 경고에 흠칫했다.

설무백은 한결 짙은 미소를 입가에 드리운 채 그런 서문청도에게 가까이 다가가며 말했다.

"사람들이 내 겉모습만 보고 종종 오해를 해. '저런 애가 설마 그럴 리가'라고 생각하는 거지. 근데, 말했듯이 그거 오해고, 착각이야. 사람은 눈에 보이는 게 다가 아니거든. 네가 그렇듯 나도 그래. 속과 겉이 완전히 다르지."

서문청도가 부르르 몸을 떨었다.

설무백의 두 눈빛에서 풍기는 엄청난 위압감이 그의 마음을 짓누르고 있었다.

그로서는 고개조차 바로 들고 있기 어려울 정도로 위압적인 존재감이었다.

그렇지만 그는 타고난 반골 기질을 발휘해서 이를 악물며 따지고 들었다.

"그래서 뭐? 하고 싶은 말이 뭔데?"

설무백은 그저 밋밋한 눈빛으로 가만히 고개를 끄덕이며 나직하게 물었다.

"왜냐? 대체 무슨 이유로 담황과 떨어지고 나서야 본색을 드러낸 거냐?"

"……!"

서문청도가 순간적으로 움찔했다가 이내 어이없다는 듯 웃으며 대꾸했다.

"별 쓸데없는 것을 다 궁금해하는군. 아니, 그보다 정말 그걸 몰라서 묻는 거냐? 나는 그저 다른 누구의 방해도 받고 싶지 않았을 뿐이다. 세상에 어느 누가 다른 사람 앞에서 여자를 취하려 한단 말이더냐?"

설무백은 화를 내듯 언성을 높인 서문청도의 대답에서 지극히 작위적인 기만을 느끼며 확인했다.

"정말 그게 다냐?"

서문청도가 대답 대신 성질을 부리는 듯이 으르렁거리는 목소리로 경고했다.

"충고 하나 하마! 지금이라도 어서 내게 가한 금제를 풀고 나를 풀어 줘라! 네놈은 물론 네놈의 가족과 동료들의 목숨을 구하고 싶다면 당장에 그래야 할 거다! 어서 지금 당장!"

설무백은 알았다는 듯 고개를 끄덕이며 말했다.

"그래 알았다. 그러니까 마교의 내부에는 상당한 알력이 존재하고, 너는 담황과 전혀 다른 줄을 잡고 있다, 이거지?"

"……!"

서문청도가 크게 당황하며 설무백을 바라보았다.

설무백은 더 이상 볼일이 없다는 듯 냉정하게 서문청도를 외면하며 공야무륵을 향해 명령했다.

"죽여!"

공야무륵이 추호도 지체하지 않고 도끼를 뽑아 들었다.

그 도끼가 사선을 그리며 빛으로 화해서 서문청도의 목을 쳤고, 서문청도의 머리는 여지없이 떨어져서 바닥을 굴렀다.

설무백은 그에 아랑곳하지 않고 남궁유화에게 시선을 주며 물었다.

"마황동의 위치는?"

마황동魔皇洞 (2)

몽고 중부의 도시인 이련호특의 북부 외곽을 아우르는 대흥안령산맥의 동부 끝자락의 계곡인 옹우특아극석은 예로부터 인근에 사는 사람들조차 좀처럼 가지 않는 지역이었다.

하늘을 뒤덮은 울창한 밀림 사이로 기묘하게 너울진 지형에는 평지와 분간할 수 없는 늪지와 독장(毒瘴)이 깔린 웅덩이가 즐비한데다가, 엎친 데 덮친 격으로 사시사철 한 치 앞도 구분하기 어려운 짙은 안개가 자욱하게 깔려 있는 바람에 실로 어지간히 길눈이 밝은 사람조차 숙지하기 어려워서 길을 잃고 헤매다가 저승고혼이 되기 일쑤이기 때문이다.

인근의 부락민들이 그 지역을 신성한 요새라는 의미인 '옹뉴드 야그'라고 부르며 경외의 대상으로 삼은 이유가 거기에 있는 것이다.

바로 그곳, 하늘을 가린 수림 아래 한 치 앞도 분간하기 어려운 안개가 자욱하게 딸린 신성한 요새의 초입이었다.

뇌우(雷雨)가 기승을 부리던 밤이 지나고 날이 밝자 하나둘씩 사람들이 모여들더니 어느새 그 인원이 수십 명으로 불어났다.

하나같이 범상치 않은 사람들, 누구 하나 비범해 보이지 않는 사람이 없는 그들은 바로 구대 문파의 장문인들과 각대 문파의 존장들, 그리고 그들을 보좌하는 구대 문파와 각대 문파의 고수, 아흔두 명이었다.

극비리에 삼삼오오 짝을 지어서 무림맹을 벗어났던 그들이 마침내 애초의 계획대로 약속된 시간에 마황동이 있다는 계곡인 옹우특아극석의 초입에 집결한 것이다.

"다행히 낙오는 한 분도 없는 것 같습니다."

다들 부산하게 주변을 살피는 와중에 홀로 그들을 헤아리고 나서 보고하는 사람은 제갈세가의 당대 가주이자, 무림맹의 군사인 천애유사 제갈현도였다.

제갈현도의 보고를 듣는 사람은 낫처럼 굽은 허리를 대나무 지팡이로 지탱하고 있는 꼬부랑 노도사, 바로 지고한 항렬로 인해 본의 아니게 이번 출정대의 지휘자가 되어 버린 화산파의 경빈진인이었다.

귀천을 위해서 폐관 수련에 들었다던 화산제일검 경빈진인이 사실은 천마가 잠들어 있다는 마황동을 기습하는 이번 작전에 참가하고 있는 것이다.

"있으면 이상한 게지. 명색이 강호 무림을 대표해서 나선 사람들이 아닌가."

경빈진인이 무심하게 대꾸하고는 수중의 대나무 지팡이로 가볍게 바닥을 두드려서 주변의 이목을 당기며 재우쳐 말했다.

"자, 자, 수선 피우지 말고 잠시 이쪽 좀 보시게나."

지팡이로 바닥을 두드려 봤자 얼마나 큰 소리가 날까만, 그 작은 소리와 미세한 진동에도 지금 장내에 집결한 사람들은 누구 하나 빠짐없이 바로 반응하며 경빈진인을 바라보고 있었다.

지금 장내에 집결한 사람들은 다들 하나같이 그 정도는 되는 고수들이었다.

"이제 선후를 정해야 하오. 아무래도 선과 후는 위험을 감당할 요소가 가장 클 것 같으니까 지원으로 합시다. 누가 자원하겠소?"

장내의 모두가 서로 의견을 묻는 시선을 교환하는 가운데, 약간의 침묵이 흐른 뒤, 나서는 사람이 있었다.

"선두는 적의 기습을 각오해야 할 테니, 소림이 나서도록 하지요. 저와 사대 금강이라면 적의 기습에 충분히 대응할 수 있으리라고 봅니다."

성승(聖僧)으로 유명한 소림 신임 장문인 현각 대사(賢角大師)였다.

일전에 죽은 현정 대사의 뒤를 이어 소림사의 장문방장 자리를 이은 그는 단순히 무공의 경지로만 따지면 사형이었던 현정 대사를 월등히 앞선다고 알려진 전대 십팔 나한 출신의 무승이기도 했다.

그리고 그의 뒤에는 단수편삼에 토황색 괘의 위로 황색가사를 덧걸쳐서 양 팔목에서 어깨까지 이어지며 꿈틀거리듯 생생한 용 문신을 드러낸 사대 금강(四大金剛)이 시립해 있었다.

경빈진인은 절로 고개를 끄덕였다.

현각의 무력은 차치하고, 소림사의 사대 금강은 달리 사대호법(四大護法)이라고도 불리는 것에서 알 수 있듯 소림사 내외에서 무력이 필요한 대사에 주로 나서는 무승들이었다.

요컨대 소림사가 외부로 내보내는 승려들 중에서 최강의 고수라는 뜻이었다.

그런 그들이 나서 준다면 경빈진인이 아니라 그 누구도 마다할 이유가 없을 것이었다.

"장문인께서 나서 준다면야 고마운 일이지요. 그럼 잘 부탁하겠소. 하면, 후위는……?"

"후위는 빈도들이 맞도록 하지요."

경빈진인의 말이 끝나기도 전에 나선 사람은 소매에 태극이 그려진 청색 도복을 포대처럼 헐렁하게 걸친 무당파의 장문인 자허진인이었다.

경빈진인은 자허진인과 그 뒤에 시립한 세 명의 무당도사를, 바로 소위 당대 무당 십검의 세 사람인 청비(靑飛)와 엽운(葉雲),

현화를 바라보며 만족한 표정으로 고개를 끄덕였다.

"잘 부탁드리겠소."

선두와 후미가 그렇게 정해졌고, 곧바로 이동이 시작되었다.

소림사 장문인 현각 대사과 사대 금강이 앞으로 나서자, 나머지 존장들 이하 고수들이 그 뒤를 따르고, 무당파 장문인 자허진인과 무당 십검의 세 사람, 청비와 엽운, 현화가 후미에 붙어서 뒤를 경계하며 따라갔다.

울창한 수림이 하늘을 가려서 아침임에도 사위가 온통 어두침침하게 그늘지고, 한 치 앞도 분간하기 어려울 정도로 짙은 안개가 사방에 자욱해서 어지간한 사람은 한 발짝도 내딛을 수 없는 환경임에도 그들은 아무렇지도 않게 전진하고 있었다.

일체의 기척도 없이, 흡사 유령들의 이동처럼 고요한 전진이었다.

적어도 그 정도는 되는 고수들이 그들인 것이다.

그러나 그들의 그와 같은 노력은 그야말로 헛수고가 되어 버렸다.

적이 없었다.

경계를 넘어서 매복까지 의심한 그들의 생각이 무색하게 골짜기의 내부에는 그들 이외의 사람은 보이지 않았다.

그렇게 얼마나 골짜기의 내부로 들어갔을까?

초입부터 뱀의 몸뚱이처럼 구불구불하게 이어진 골짜기의 줄기는 시간상으로 거의 한나절이나 지나서야 끝났다.

그리고 거기 그들이 찾던 것이 있었다.

끈적거리는 습기와 음산한 사기를 잔뜩 머금은 안개 속에 자리한 벼랑에 뚫린 거대한 동굴이었다.

제갈현도가 못내 불안한 기색으로 동굴의 입구를 살피며 중얼거렸다.

"과연 저게 마황동이 맞는 걸까요?"

딱히 대상을 정해서 질문한 것은 아니었으나, 경빈진인이 듣고 웃는 낯으로 나서며 되물었다.

"아닌 것 같은가?"

제갈현도가 곤혹스러운 듯 연신 고개를 갸웃거리며 대답했다.

"여태 매복은커녕 경계 하나 보이지 않았습니다. 여기 계곡에 도착하기 전까지는 그래도 그러려니 했습니다만, 여기에서조차 이렇다는 것은 도무지 납득하기 어려운 일입니다. 저기가 마황동이라면 말입니다."

경빈진인이 묘하다는 눈빛으로 제갈현도를 바라보며 웃었다.

"제갈 군사는 가끔 묘하게 허술한 데가 있군그래."

"예?"

"빈도와 전혀 상반되는 생각을 해서 말이야."

"아니, 그게 무슨 말씀이신지……?"

"빈도는 자네가 말한 것과 같아서 더욱 여기가 마황동일 가능성이 높다고 보기에 하는 말일세."

"어째서 그렇습니까?"

"자네가 걱정한 것처럼 매복이 있고, 경계가 삼엄하다면 여기가 마황동이 아니라 함정일 가능성이 더 높으니까 그렇지. 뭐랄까? 세상에 미끼 없는 함정은 없지 않겠나 하는 걸세."

제갈현도가 안색이 변해서 감탄했다.

"오, 과연 그렇겠네요. 여기가 진짜 마황동이라면 감추고 숨기는 게 우선이라는 생각을 했어야 했는데, 제 생각이 너무 짧았습니다. 죄송합니다."

"오늘은 내가 아는 자네답지 않게 인정이 참 빠르군."

"예?"

"아니, 죄송할 것 없다는 말일세. 그건 그냥 그럴듯해 보이려고 해 본 말에 불과하니까."

"예에?"

경빈진인의 변죽에 제갈현도의 인상이 한껏 일그러졌다.

상대가 상대인지라 감히 항변은 못하고 당최 속을 모르겠다는 눈빛으로 불편한 심기를 드러낸 것이다.

경빈진인이 그런 그의 속내를 아는지 모르는지 대수롭지 않게 웃는 낯으로 사과했다.

"미안하네. 긴장 좀 풀라고 농 한 번 했네. 자네가 너무 긴장하는 것 같아서 말이야. 아무려나, 진짜는 그게 아니라 저 동굴 속에서 느껴지는 기운 때문일세."

경빈진인은 다시금 안색이 변하는 제갈현도를 외면하며 매서운 눈초리로 동굴을 노려보았다.

"마기로 가득 차 있어. 마황동이 아니라면 저 동굴 자체가 우리를 노리는 함정일 게야."

제갈현도가 매우 놀란 얼굴로 마른침을 삼키며 새삼스러운 눈빛으로 동굴을 바라보았다.

그러다가 절로 고개를 끄덕였다.

뒤늦게 동굴 속의 마기를 느꼈기 때문이 아니었다.

심각하게 굳어진 구대 문파 장문인들과 몇몇 각대 문파의 고수들이 눈에 들어왔기 때문이다.

그와 달리 그들은 경빈진인과 마찬가지로 동굴 속의 마기를 느끼고 있었던 것이다.

"하면……?"

경빈진인이 슬쩍 손을 들어 제갈현도의 말문을 막고는 구대 문파의 장문인들과 각대 문파의 존장들을 둘러보며 말했다.

"꽤나 엄중한 마기요. 설령 저 안에 마교주가 없다고 해도, 그에 준하는 대마두와 다수의 마졸들이 있을 거요. 상황이 이러니, 우리가 다 같이 들어갈 수는 없을 것 같소. 우리가 다 들어가고 나서 누군가 저 동굴을 무너트린다면 그야말로 몰살, 강호 무림의 미래가 끝장날 테니 말이오."

소림사 장문인 현각이 의견을 냈다.

"인원을 반으로 나누는 것이 합당할 것 같습니다."

아미파의 장문인 금정신니가 반대했다.

"반반은 너무 과해 보이네요. 누구는 들어가서 정의를 세우는 동안에 누구는 밖에서 손가락이나 빨아야 한다는 건데, 여태 오면서 느낀 바에 따르면 외부에서 적이 들이닥칠 일은 없을 듯하니, 칠 할이 들어가고 삼 할을 남기는 것이 적당할 것 같습니다."

의견을 낸 금정신니가 동의를 구하는 눈빛으로 주변의 둘러보았다.

의외로 잠잠했다.

다들 선뜻 결정을 내릴 수 없을 정도로 생각이 많은 표정들이었다.

와중에 점창파의 신임 장문인 점창 신검 우송이 어색한 미소를 흘리며 나서서 제안했다.

"그럴 게 아니라 우선 지원자를 받는 게 어떻겠습니까? 들어가고 싶은 사람도 있고, 여기 남고 싶은 사람도 있을 게 아니겠습니까?"

'겁이 나는 모양이군.'

경빈진인은 점창 신검 우송의 제안을 듣고 그렇게 생각했다.

당연하게도 우송을 두고 드는 생각이었다.

사실 따지고 보면 점창파의 신임 장문인 우송은 그럴 만도 했다.

점창파는 지난번 천사교의 기습으로 말미암아 당시 장문인이었던 소양산인과 팔대 장로 중 여섯을 잃었다.

그리고 이번 계획에 참가한 신임 장문인 우송은 말할 것도 없고, 그를 보좌하기 위해서 나선 두 사람, 사일검객 유표와 급풍쾌검 여진소는 이제 점창파의 기둥과 다름없었다.

사일검객 유표는 본산에 남은 나후산인(羅睺山人) 허인(許燐)더 더불어 팔대장로의 남은 한 사람이고, 급풍쾌검 여진소는 작금의 강호 무림에서 점창파의 주력 세대인 일대 제자의 수좌이기 때문이다.

만에 하나 그들에게 문제가 생긴다면 가뜩이나 위태로운 점창파의 미래가 나락으로 추락하는 것이다.

'인과응보(因果應報)!'

경빈진인은 작금의 점창파가 처한 입장에 대해서는 그렇게 생각했다.

그는 모종의 기회로 지난날 남북이 대립하던 시절 남맹 소속인 점창파가 박쥐처럼 양다리를 걸치고 북련의 몇몇 요인들을 도왔다는 사실을 익히 잘 알고 있었기 때문이다.

하지만 과거의 일을 문제 삼아서 오늘의 아군을 내칠 수는 없었다. 하물며 당시 북련 소속인 그가 문제 삼는 것도 우스운 일일 터였다.

'이래서 늙으면 애가 된다고 하는 게로군.'

경빈진인은 자신도 모르게 찾아든 매정한 마음을 애써 억누르며 점창파 장문인 우송의 말에 동조했다.

"아무래도 그게 낫겠소."

그는 자신을 중심을 좌우를 손으로 가르는 시늉을 하며 재우쳐 말했다.

"안으로 들어갈 분들은 좌측으로, 밖에 남아서 혹시 모를 적의 대응에 대비할 분들은 우측으로 모여 주시오."

어디 시골 마을의 운동회도 아니고 다 큰 어른들이, 그것도 일개 문파의 존장쯤이나 되는 강호 무림의 고수들이 각기 자신의 의견을 드러내기 위해서 줄을 선다는 것은 어찌 보면 매우 우스운 상황이었다.

하지만 정작 경빈진인의 말에 따라서 움직이고 있는 장내의 사람들은 전혀 그렇게 생각하지 않았다.

평생을 사승 내력에 입각해서 엄격한 상명하복에 따라 행동하며 살아온 그들의 입장에선 차라리 말보다 이런 식의 행동으로 자신의 생각을 드러내는 것이 더욱 편한 것이다.

이윽고, 장내가 정리되었다.

구대 문파의 장문인들을 위시한 고수들이 거의 다 집결한 좌측이 오십여 명으로 육 할 정도의 인원이었고, 구대 문파 중 유일하게 빠진 점창파와 나머지 각대 문파의 존장들이 주력인 우측의 인원은 삼십여 명으로 사 할가량의 인원이었다.

굳이 다시 언급하며 이야기를 나누지 않아도 될 정도로 적당하게 인원이 나누어진 셈이었다.

경빈진인이 의외인 것은 제갈현도의 선택이었다.

그는 안으로 들어가기로 결정한 무리에 섞여 있었다.

"너무 무리하는 것 아닌가?"

제갈현도가 계면쩍은 표정으로 대답했다.

"심히 부족한 것을 알았으니 빠지는 것이 도리겠지만, 여기까지 와서 물러나기는 싫군요. 애초에 동굴이라고 해서 따라나선 것이 아니겠습니다. 기관지학과 기문진식에 관해서는 도움이 될 터이니, 괜한 호기로 보고 내치지 말아 주시길 부탁드립니다."

내칠 이유가 없었다.

경빈진인과 구대 문파의 장문인들이 대번에 간파한 동굴 속의 마기를 전혀 감지하지 못했을 정도로 무위라는 측면에서는 부족할지 몰라도 지금 이 자리에 있는 그 누구보다도 기관지학과 기문진식에 밝은 사람이 제갈현도였다.

경빈진인은 당연히 그럴 거라는 듯 웃는 낯으로 고개를 끄덕여 주고는 이내 장내를 둘러보며 말했다.

"마치 누가 나서서 중재한 것처럼 적당하게 나뉜 것 같으니, 이대로 합시다. 누구 다른 의견 있으시오?"

없었다.

경빈진인은 한 번 더 장내를 둘러보는 동안에도 나서는 사람이 없자, 가만히 고개를 끄덕이는 것으로 상황을 마무리 지으며 다시 말했다.

"좋소, 그럼 이렇게 결정하는 것으로 합시다. 그리고 노도가 노파심에서 한 번 더 당부하자면, 지금 여기 계신 모든 존장들께서는 다들 자진해서 이번 계획에 나선 것이니만큼 그에 따른 책임도 능히 감수하시길 바라겠소. 설령 그게 자파의 패망일지라도 말이오!"

장내의 분위기가 더 없이 무겁게 변했다.

경빈진인은 그제야 내심 만족하며 앞서 선두를 자처했던 소림사 장문인 현각 대사에게 시선을 주었다.

현각 대사가 묵묵히 고개를 끄덕이며 짙은 어둠이 드리워진 거대한 동굴의 내부로 발길을 돌렸다.

사대 금강이 재빨리 앞으로 나섰다.

경빈진인을 비롯해서 동굴로 들어가기를 선택한 나머지 존장들과 고수들이 서둘러 그 뒤를 따랐다.

다들 무거운 발걸음이었다.

알게 모르게 다들 더 없이 긴장하고 있는 까닭이었다.

아마도 그래서였을 터였다.

동굴로, 바로 마황동으로 들어가는 경빈진인 등은 말할 것도 없고, 만일의 사태를 대비해서 밖을 지키며 대기하기로 결정한 점창파와 여타 각대 문파의 존장들은 지근거리로 다가선 적의 그림자를 전혀 감지하지 못하고 있었다.

마황동魔皇洞 (3)

경빈진인 등이 마황동으로 들어가자, 밖에 남은 사람들은 곧바로 나뭇가지들을 모아서 불을 피우며 식사를 준비하고 잠자리를 마련하는 등 야영할 채비를 서둘렀다.

산골의 밤은 일찍 와서 늦게 가기도 하지만, 일단 어두워지기 시작했다 싶으면 금방 캄캄해지기 때문에 다들 하나같이 서두르고 있었다.

따로 선출한 것도 아니고, 추천을 받은 것도 아니지만, 점창파의 장문인 우송이 자연스럽게 그 모든 것을 주도했다.

구대 문파의 하나라는 입지와 위상은 그처럼 때와 장소를 막론하고 모두의 위에 자리하고 있는 것이다.

그러나 그것은 구대 문파의 하나인 점창파의 입지요, 위상일

뿐, 점창파의 장문인인 점창 신검 우송이나 사일검객 유표, 급
풍쾌검 여진소의 무공이 지금 함께하는 각대 문파의 존장들이
나 예하의 고수들보다 월등히 높은 경지라는 뜻은 아니었다.

그럼에도 불구하고 적의 접근을 가장 먼저 발견한 것은 그
들 중 한 사람인, 사일검객 유표였다.

유표가 매사에 다른 누구보다도 솔선수범하는 사람이기도
했지만, 그에 앞서 더 없이 청결함을 중시하는 사람이었기 때문
이다.

다른 사람들이 가까운 주변에서 화톳불과 잠자리 마련에 필
요한 나뭇가지를 모으는 데 반해 그는 멀리까지 나섰고, 마음에
드는 작은 나무 한그루를 통째로 잘라 가져가는 중이었다.

"······!"

검은 옷을 입은 몇 명의 사내가 그의 앞을 가로막았다.

유표는 절로 긴장했다.

흑의사내들의 기도가 예사롭지 않기도 했지만, 그에 앞서 암
습이 아니라 당당히 모습을 드러냈다는 사실이 더욱 그를 긴장
하게 만들었다.

이건 그가 어떤 식으로든 아군에게 신호를 보내도 상관없다
는 뜻이었다.

저들은 이미 그만이 아니라 야영을 준비하는 각대 문파의 고
수들 모두를 상대할 준비가 되어 있다는 방증인 것이다.

유표는 애써 냉정하게 검을 뽑으며 물었다.

"마교?"

즉각 대답이 나왔다.

"곧 죽을 놈이 그건 알아서 뭐 하게?"

동시에 좌우에서 두 명이 덤벼들었다.

유표를 중심으로 서로 교차해서 비껴가며 칼을 휘둘러서 하나는 아래를, 다른 하나는 위를 노리는 합공이었다.

유표는 평소와 달리 우선적으로 뒤로 물러나며 소리부터 질렀다.

"적이다!"

내력을 주입한 장소성이었다.

유표는 그리고 나서야 물러나는 동작을 멈추고 수중의 검을 휘둘러서 쇄도하는 흑의사내들 칼을 막았다.

챙―!

하나는 막았으나, 두 개는 무리였다.

상대의 합공은 점창파의 팔대장로의 한 사람이자, 점창비기 중 하나인 사일검(射日劍)에 가장 정통하다고 해서 사일검객이라는 별호를 얻은 그의 사일검법이 감당할 수 없는 경지였다.

거친 쇳소리와 함께 유표의 검과 흑의사내 하나의 검이 마주치는 순간, 다른 흑의사내가 휘두른 검이 그의 옆구리를 훑고 지나갔다.

피가 튀고, 선뜻한 통증이 그의 뇌리로 직결되었다.

유표는 이를 악물고 고통을 외면하며 마주친 검을 빼내서 자신의 옆구리를 베고 지나가는 칼의 주인을 노렸다.

칼을 크게 휘둘러서 뒷등이 보이는 순간을 노리는 것이었고, 성공했다.

촤악-!

섬뜩한 소음과 함께 흑의사내의 뒷등이 길게 갈라지며 피를 뿜어냈다. 비명은 없었으나, 흑의사내의 상체가 앞으로 고꾸라지고 있었는데, 유표가 확인할 수 있었던 것은 그게 다였다.

다른 흑의사내 하나가 언제 어느 순간인지 모르게 뒤로 돌아가서 그의 목을 베어 버렸기 때문이다.

⚜

사일검객 유표의 직감은 한 치도 어김없는 사실이었다.

애써 경고를 발한 그의 노력이 무색하게도 그 순간에 이미 점창파의 우송을 비롯한 각대 문파의 존장들과 예하의 고수들이 야영을 준비하느라 분주한 그곳으로 득달같이 진입하며 칼을 휘두르는 일단의 흑의사내들이 있었던 것이다.

"크악!"

"으아악!"

단말마의 비명이 연이어 터졌다.

장내가 삽시간에 피와 살점이 난무하는 아수라장으로 변해 버렸다.

흑의사내들은 실로 일체의 기척도 없이 접근해서 그야말로 백주 대낮에 떨어진 벼락처럼 장내로 난입해서 가차 없는 살수를 펼친데다가, 기본적으로 개개인의 무위도 각대 문파의 존장들과 버금가거나 오히려 높은 까닭에 벌어지는 참상이었다.

다만 유표의 경고가 아주 헛된 것은 아니었다.

점창파 장문인인 점창 신검 우송은 유표의 경고 때문에 목숨을 잃지 않을 수 있었다.

어디선가 들려온 유표의 경고로 인해 그는 바짝 긴장하고 있던 까닭에 간발의 차이로 적의 암습을 피할 수 있었고, 즉시 반격을 가해서 헛손질로 인해 자연히 노출된 적의 뒷목을 베어 버렸다.

그리고 그 자신도 등에 일격을 당했다.

또 하나의 흑의사내가 그의 뒷등을 노렸던 것이다.

"크으……!"

우송은 억눌린 신음을 삼키며 측면으로 몸을 굴렸고, 한 바퀴를 구른 즉시 튕기듯이 일어나며 검을 휘둘러서 겁 없이 무턱대고 뒤를 따라오던 흑의사내의 복부와 가슴을 수평과 수직으로 갈라놓았다.

점창 신검이라는 별호에 걸맞도록 빠르고 신랄한 연환검이었다.

"크아악!"

흑의사내가 비명과 함께 피와 내장을 쏟아 내며 고꾸라졌다.

우송은 그 순간에 한 번의 손 속을 더해서 흑의사내의 목을 베어 버렸다.

비명을 그치며 허공으로 떠오른 흑의사내의 머리 너머로 펼쳐진 아비규환의 장내가 그의 시선에 들어왔다.

"흩어지지 말고, 한쪽으로 모이시오!"

우송은 진기를 담은 목소리로 크게 소리쳤다.

그러나 그의 외침에 반응을 보이는 사람은 없었다.

다들 면전으로 쇄도하는 적의 칼날을 막느라 쩔쩔매고 있거나, 더 없이 버거워하며 그의 외침과 달리 점점 더 장내에서 멀어지고 있었다.

"아⋯⋯!"

우송의 입에서 절로 탄식이 흘러나왔다.

이건 돌이킬 수 있는 상황이 아니었다.

적은 실로 강했고, 무자비했다.

그들은 완벽한 함정에 빠졌던 것이다.

"점창파의 우송이 여기 있소! 다들 이쪽으로 모이시오!"

우송은 마지막 희망을 담아서 다시금 크게 외쳤다.

그리고 다시 또 외치려다가 그만두었다.

모이라는 동료들은 아무런 반응이 없고, 다수의 흑의사내들이 우르르 몰려들고 있었기 때문이다.

실로 최악의 상황이었다.

동굴 밖은 아비규환의 아수라장으로 변했으나, 동굴의 내부는 천하에 없는 고요의 공간이었다.

불과 십여 장 남짓 진입했을 따름인데도 외부와 완벽하게 단절되었기 때문이다.

가장 먼저 그것을 깨달은 사람은 역시나 그런 쪽으로 해박한 지식을 가지고 있는 제갈현도였다.

"어째 상식적이지 않게 외부의 소음이 사라졌다 했더니 결계로군요."

경빈진인이 시선을 주며 물었다.

"결계? 어떤 결계를 말하는 겐가?"

제갈현도가 지나온 뒤쪽을 가리키며 대답했다.

"저기 어디쯤인 것 같은데, 위해를 가하는 것이 아니라 그저 두 공간을 차단하는 목적을 가진 결계인 것 같습니다. 원래 동굴이라는 것이 어느 정도의 깊이까지는 울림으로 인해서 밖의 소음이 크게 들리는 법이지요. 한데, 보십시오. 굴곡지게 이어진 까닭에 멀리 온 것 같지만, 직선으로 따지면 잘해야 고작 이십여 장 남짓 들어왔을 뿐인데, 외부의 소음이 완벽하게 차단되었습니다."

경빈진인이 잠시 귀를 기울였다.

다른 사람들도 다들 그와 같은 반응을 보였다.

이윽고, 경빈진인이 고개를 끄덕이며 수긍했다.

"과연 그렇군. 외부의 소음이 전혀 들리지 않고 있네그려."

현각 대사가 눈을 빛내며 중얼거렸다.

"내부와 외부의 소음을 서로 차단하기 위해 설치한 결계라면 이 동굴이 마교주가 폐관 수련에 든 마황동이 확실하다는 소리구려!"

평소 성질이 급하기로 유명한 종남파의 장문인 맹검수사 부약도가 반색하며 재촉했다.

"과연 그렇겠구려. 아니라면 그런 결계를 설치할 이유가 없으니 말이오. 자, 자, 그럼 어서 그만 갑시다. 이리 늦장부리다 날 새겠소!"

제갈현도가 은연중에 미묘한 표정을 드러내며 입맛을 다셨다.

경빈진인이 예리하게 그 모습을 보고 물었다.

"무슨 마음에 걸리는 문제라도 있나?"

제갈현도가 소심한 성격답게 대답에 앞서 슬쩍 길을 재촉한 부약도의 눈치부터 살폈다.

"뭐랄까, 딱히 문제랄 것은 없지만, 그리 흔한 경우는 아니라서 말입니다. 단순히 동굴 내부의 소음을 밖으로 유출하지 않으려고 설치한 결계라면 보다 더 안쪽에 설치하는 것이 정석입니다. 아무래도 이렇게 입구와 가까운 곳에 설치하면 빨리 드러날 수밖에 없으니까요."

경빈진인이 핵심을 찌르는 말로 확인했다.

"지금처럼 괜한 의심을 사서 경각심만 부추길 수도 있는 결계를 굳이 앞에 세운 이유를 모르겠다?"

"그렇습니다."

"자네라면 어떤 경우에 이렇게 하겠나?"

"저라면……?"

제갈현도가 잠시 생각하고 나서 고개를 저으며 대답했다.

"실수였을 겁니다."

제정신으로는 안 했을 거라는 뜻이었다.

경빈진인이 피식 실소하는 사이, 곤륜파(崑崙派)의 장문인 종학검선(縱鶴劍仙) 운학인(雲壑人)이 불쑥 나서며 의견을 냈다.

"조금이라도 빨리 외부와 단절시켜 놓고 싶은 이유가 있는 것이 아닐까요?"

경빈진인이 시선을 주며 물었다.

"이를 테면 어떤 이유가 있겠소?"

운학인이 고개를 갸웃하며 대답했다.

"글쎄요? 이유야 찾으면 많을 수도 있겠지만, 지금 제게 떠오르는 것은 하나밖에 없군요. 조금이라도 빨리 많은 사람을 죽이기 위한 함정요."

"함정?"

"예, 함정요."

운학인은 슬쩍 제갈현도를 쳐다보며 재우쳐 말했다.

"제갈 군사는 입구와 너무 가까운 결계라고 했지만, 단지 내부와 외부의 공간을 차단하기 위한 목적만이 아니라 기관지학을 통한 함정과, 즉 살인 기관과 연계하기 위함이라면 거리나 외치 따위는 아무런 상관이 없지 않겠습니까."

경빈진인의 시선이 제갈현도에게 돌려졌다.

의견을 묻는 눈빛이었다.

제갈현도가 고개를 끄덕이며 수긍했다.

"과연 그럴 수도 있겠습니다. 사람을 죽이기 위한 살인 기관은 기관지학의 기본을 무시하는 것이 오히려 더 효과를 증대하는 방법이니까요. 다만 그렇다면 여기 이 동굴은 누군가가 폐관 수련을 위해 마련한 공간이 아니라 누군가를 죽이기 위해서 마련한 함정이라는 뜻이 되는 겁니다."

장내에 죽음과도 같은 고요가 내려앉았다.

그럴 수밖에 없는 것이, 여기 동굴이 애초의 예상과 달리 마교주가 폐관 수련에 든 장소가 아니라 누군가를 끌어 들여서 죽이기 위해 마련한 함정일 수도 있다는 제갈현도의 말은 다시 말해서 지금 그들이 함정에 빠진 것일 수도 있다는 얘기가 되는 것이다.

경빈진인이 그렇듯 긴장한 사람들을 둘러보며 단호한 목소리로 침묵을 깼다.

"사실이 그렇다고 해도 여기서 물러날 수는 없소. 적어도 노도는 그렇소."

깊고 그윽하면서도 싸늘하게 변한 그의 눈빛이 동굴의 안쪽으로 돌려졌다.

"저렇듯 짙고 사악한 마기를 두고 여기서 발길을 돌릴 수는 없는 일이오. 그러니 이렇게 합시다."

그는 사뭇 냉정하게 가라앉은 모습으로 구대 문파의 장문인들을 위시한 장내의 모든 고수들을 바라보며 말했다.

"발길을 돌릴 분은 돌리시고, 계속 가실 분들은 그냥 가는 거요. 그리고 그걸 두고 따로 논의하는 것도 우스우니, 가지 않으실 분들은 그냥 그대로 계시고, 갈 사람들이 먼저 갑시다."

경빈진인이 먼저 돌아서서 이제 막 비스듬히 굴곡지기 시작하는 동굴의 내부로 진입해 들어갔다.

구대 문파의 장문인들과 예하의 고수들이 추호도 망설이지 않고 그의 뒤를 따르는 가운데, 제갈현도가 후다닥 앞으로 나섰다.

"혹시 모르니 제가 앞장서서 길을 열도록 하지요. 아무래도 기관지학을 보는 눈은 제가 조금 낫지 않겠습니까."

경빈진인이 새삼 제갈현도가 따라나선 것이 의외라는 표정이면서도 미소를 보이며 고개를 끄덕이는 것으로 반겼다.

제갈현도가 잰걸음으로 전면에 나섰다.

그사이 몇몇 각대 문파의 존장들과 교수들이 작심한 표정으로 경빈진인 등의 뒤를 따라붙었고, 몇몇 존장들과 그 예하의 고수들만이 이러지도 저러지도 못하겠다는 기색으로 제자리에서 머뭇거리고 있었다.

그때였다.

느닷없이, 그야말로 맑은 하늘에 날벼락처럼 천지가 진동하는 듯한 굉음이 터지며 동굴의 천장이 무너지고 바닥이 무너져 내렸다.

우려한 바대로 살인 기관이 발동한 것이다.

천외천의
주인

마황동魔皇洞 (4)

깃발을 세운 표국의 사두마차 두 대가 넉넉하게 들어갈 수 있을 정도로 거대한 입구를 가진 동굴은 대여섯 장가량 안쪽으로 들어서면서부터 폭과 너비가 급격히 절반으로 줄어들긴 했으나, 여전히 다수의 사람들이 어깨를 나란히 하며 이동할 수 있을 정도로 넓었다.

게다가 내부가 그다지 어둡지도 않았다.

불을 밝혀서가 아니라 벽 자체가 마치 야명주의 가루가 섞인 바위인 듯 희미한 광체를 발해서였다.

다만 그때부터는 동굴의 구조가 뱀의 몸뚱이처럼 구불구불 이어져 나갔고, 그렇게 오십여 장가량 들어가서 나온 것이 바로 문제의 그곳이었다.

타원형으로 비스듬하게 굴곡지며 길게 뻗어진 지역, 눈대중으로 대략 십여 장의 전방이 시야로 확보되는 동굴의 천장과 지반이 아무런 사전 징후도 없이 순식간에 와르르 무너져 내린 것이다.

"헉!"

"으악!"

주저앉은 지반과 쏟아지는 돌무더기의 굉음 속에 단말마의 비명이 섞였다.

그렇지만 불행 중 다행히도 전부 다는 아니었다.

선두로 나선 경빈진인 등과 가장 후미에 서 있던 몇몇 사람들은 무너지는 동굴 지대에서 벗어나 위치인지라 그 사이인 중간에 자리한 사람들만이 함정에 빠졌다.

그리고 그들 중에는 제아무리 갑작스러운 상황에서도 능히 대처할 수 있는 상승의 경신술을 익힌 고수들도 적지 않았다.

"전방으로 벗어나라!"

순간적으로 가라앉는 지반을 박차고 날아오른 공동파의 장문인 광진자가 쏟아지는 천장의 바위 하나를 정권으로 박살 내며 외친 소리였다.

역시나 허공으로 부상한 화산파의 장문인 정인진인과 종담파의 장문인 부약도가 그런 광진자의 외침에 동조하듯 전방으로 나아가는 공간을 가로막는 바위와 흙더미들을 고도의 장력으로 박살 내며 소리쳤다.

"이쪽으로!"

선두로 나선 덕에 본의 아니게 함정을 벗어나 있던 경빈진인과 소림사 장문인 현각 대사, 그리도 사대금강이 누가 먼저랄 것도 없이 동시에 반응해서 연신 장력을 날리는 것으로 길을 열었다.

꽝! 꽈광―!

일시지간 천지가 무너지는 것 같은 아수라장 속에서 연속적인 폭음이 터졌다.

부서지고 깨지고 가라앉는 잔해와 사방으로 비산하는 파편 속에 피 흘리는 사람들이 버티며 어우러지는 한 장의 지옥도가 그려지고 있었다.

그리고 구대 문파의 장문인들과 그들의 도움을 받은 각대 문파의 고수들이 그 지옥도를 헤치며 경빈진인 등이 자리한 지역으로 속속들이 나왔고, 그 와중에 결국 가라앉은 지반이 차오르며 동굴이 막혀 버렸다.

혼란의 와중에 갑자기 찾아온 정적은 마치 죽음처럼 아득하게 느껴졌다.

누구도 먼저 입을 열지 못하고 침묵한 채 다들 하나같이 눈만 끔뻑거렸다.

졸지에 사지를 넘은 사람들이나 그걸 지켜본 사람들이나 공히 가슴을 쓸어내리느라 정신이 없었다.

경빈진인이 그 와중에 노익장을 발휘했다.

가장 먼저 정신을 차리며 흙더미로 막힌 방향으로 가까이 다가서서 말했다.

"그쪽에 누구 있나?"

속삭이듯 나직한 목소리였으나, 장내의 모든 사람에게 또렷이 들리는 목소리였다.

내력이 담긴 목소리로 말하고 있는 것이다.

그러나 그런 경빈진인의 목소리가 건너편에는 닿지 않는 모양이었다. 그가 거듭 물었음에도 불구하고 아무런 대답이 없었다.

제갈현도가 조심스럽게 나서며 말했다.

"생존자가 없어서가 아닐 겁니다. 제가 보기엔 중간에 공간을 나누는 또 하나의 결계가 있지 않나 싶습니다. 제가 발견하지 못했으니, 원래 있던 것이 아니라 동굴이 무너지면서 생겼을 겁니다."

경빈진인이 가만히 고개를 끄덕이는 것으로 수긍하며 주변을 둘러보았다.

다행스럽게도 이번 계획의 중핵을 이루는 구대 문파의 장문인들과 예하의 고수들은 거의 다 무사했다.

그뿐이 아니라, 나머지 각대 문파의 존장들과 예하의 고수들 중에서도 다들 알게 모르게 인정하는 무력의 소유자라고 평가하던 고수들인 광동진가의 가주인 천기일곤(天氣一棍) 진자룡(陳子龍)과 그 조카이자, 주력 세대의 선두로 인정받는 무상곤 진팔

방, 그리고 해남검파의 장문인인 낙성검제(落星劍帝) 적사광(赤思曠)과 그의 장남인 적사연도 별 탈 없이 멀쩡한 모습이었다.

아무래도 구대 문파는 대부분 선두로 나서 있었던 까닭에 피해가 적었으나, 중간 지역에서부터 후미에 이르기까지의 자리를 차지하고 있던 각대 문파의 고수들이 피해가 컸던 것이다.

'지반이 무너지지 않은 뒤쪽으로 피했을 테지만……!'

아쉽게도 얼마나 피했을지는 가늠하기 어려웠다.

말 그대로 졸지에 천지개벽이 일어나는 것 같은 상황이었던지라 천하의 경빈진인 역시도 경황이 없어서 눈앞에 보이는 사람들을 도우려고 손을 쓰는 것만으로도 충분히 버거웠다.

모르긴 해도, 죽거나 다친 사람이 많을 터였다.

아무래도 상대적으로 중간과 후미 쪽의 인물들의 무위가 낮은 편에 속하는지라 피해가 클 수밖에 없었다.

지금으로서는 고수들의 피해가 미비하다는 것이 불행 중 다행, 나름 위안으로 삼아야 할 일이었다.

그런 생각을 하던 경빈진인은 문득 기분이 묘해졌다.

의도치 않게 상대적으로 약한 인물들이 걸러졌다는 생각이 뇌리를 스쳤고, 그게 그리 나쁘게만 볼 상황은 아니라는 기분이 들어서였다.

속된 말로 쪽수에 장사 없다는 말이 진리이긴 하나, 그것도 상황 나름이고, 장소에 따라 달랐다.

특히 지금처럼 주어진 상황이 협소하기 짝이 없는 동굴이라는 공간으로 한정된다면 얘기가 많이 달라진다.

소수로 다수를 감당하기에 이보다 더 적합한 장소도 없는 것이다.

그러나 실로 진실이 그렇다 하더라도 천하의 그 누가 어찌 그걸 내색할 수 있을 있을 것인가.

경빈진인도 그랬다.

그는 애써 내색을 삼가며 구대 문파의 장문인들과 예하 고수들의 안위를 살폈다.

그도 사람인지라 화산파의 장문인 정인진인과 그를 보좌하는 화산 칠검의 수좌, 적엽진인이 멀쩡하다는 것부터 확인한 다음이었다.

인원은 애초의 절반가량에 해당하는 삼십여 명으로, 정확히 서른세 명으로 줄어들었으나, 다들 멀쩡했다.

내상을 입은 사람이 있는지는 몰라도, 외상은 거의 보이지 않았다.

몇몇 사람의 몸에 타박상의 흔적이 있긴 했으나, 걱정할 정도로 보이진 않았고, 나머지는 다들 흙먼지를 뒤집어쓴 정도가 다였다.

경빈진인은 마음을 다잡으며 말했다.

"예서 발길을 돌릴 일은 없을 테니, 그냥 편하게 말하겠소. 이제 이곳은 우리가 얻은 정보대로 마교주가 폐관 수련에 들었다는 마황동이든 아니든 간에 살인 기관으로 도배된 장소로 봐야 하오."

모두가 묵묵히 고개를 끄덕이는 것으로 수긍했다.

다들 내로라하는 구대 문파의 장문인들과 강호 무림의 명숙들답게 어느새 느닷없이 사선을 넘나들던 순간의 놀람과 충격을 추스르고 마음을 다잡은 모습이었다.

경빈진인은 한층 더 진중해진 눈빛으로 그런 장내의 모두를 둘러보며 자신의 판단과 생각을 드러냈다.

"다들 현명하고 박학다식한 분들이라 이미 충분히 짐작했을 테지만, 주지하자는 의미에서 거듭 말씀드리자면, 이곳에는 그게 마교주이든 아니든 간에 거마의 무리가 있는 것이 확실하고, 저들은 우리가 도착한 것을 알고 있으며, 의도적으로 출구를 막아서 우리를 살려 둘 생각이 없다는 의지를 드러냈소. 이제 싫든 좋든 우리는 이곳에서 저들과 사생결단을 내야 한다는 뜻이오."

말미에 그는 물었다.

"이의 있는 분 있소?"

없었다.

다들 묵묵히 고개를 끄덕이고 있었다.

경빈진인의 말마따나 다들 상황을 충분히 인지한 눈빛인데, 그 속에 긴장이나 두려움 따위의 감정은 들어 있지 않았다.

다들 일말의 적개심과 그보다 조금 더 진하게 느껴지는 호기심이 다일 정도로 침착한 모습이었다.

그랬다.

지금 장내에 있는 구대 문파의 장문인들과 명숙들은 그 어떤 상황에서도 쉽게 일희일비(一喜一悲)하는 사람들이 아니었다.

그보다는 상대가 강할수록 호기심을 느끼는 사람들이었고, 그 배경에는 어쩔 수 없는 무인의 호승심이 자리하고 있었다.

그만큼 자신들의 실력에 대한 자부심이 강하다는 뜻이기도 하고 말이다.

경빈진인은 가볍게 웃는 낮으로 좌중의 태도를 반기며 소림사의 현각 대사 등에게 시선을 주었다.

"장문인과 불형(佛兄)들에게 한 번 더 선봉을 부탁하겠소."

"여부가 있겠습니까."

현각 대사가 짧게 합장하며 사대 금강과 함께 앞으로 나섰다.

그 뒤에 붙는 경빈진인의 시선이 제갈현도에게 돌려졌다.

"살인 기관의 위험이 여전할 터인 즉, 같이 가세."

"아, 예!"

제갈현도가 후다닥 경빈진인의 곁으로 갔다.

화산파의 장문인 정인진인과 화산칠검의 수좌인 적엽진인이 서둘러 그들의 뒤에 붙었고, 나머지 장문인들과 명숙들도 느긋할 뿐, 결코 느리지 않는 속도로 일사불란하게 뒤를 따라갔다.

초입에 해당하는 동굴의 일각이 무너진 다음부터 동굴의 내부는 더 없이 고요했다.

그 바람에 동굴의 저편 깊숙한 곳에서부터 흘러나오는 마기는 보다 더 강렬하게 느껴져서 일행의 발걸음에 신중함이 더해지고 있었다.

특히 선두로 나선 소림사의 현각 대사는 오히려 자신의 곁을 지키며 보좌하는 사대 금강보다도 더 굳은 기색이었는데, 그것은 그가 마기와 가장 상극인 불도를 수련하는 사람이며, 다른 누구보다도 더 민감하게 마도를 거부하기 때문이지 두려움 따위와는 거리가 멀었다.

다만 감정이 굳으면 몸도 따라 굳을 수밖에 없었다.

적어도 평소와 같은 반응을 보일 수는 없을 터였다.

그 때문이었다.

동굴의 저편 어둠 속에서 무언가 날아왔을 때, 그는 평소와 달리 제때 반응해서 막아 내지 못하고 뒤늦게 상체를 비트는 것으로 피해 냈다.

그 바람에 그의 뒤에 있던 종남파의 장로 건곤산수(乾坤散手) 이청(李菁)이 당했다.

퍽-!

둔탁한 타격음과 함께 이청의 어깨에서 피가 튀었다.

"윽!"

이청이 뒤늦게 신음을 흘리며 주저앉았다.

현각 대사가 피한 물체가 여지없이 그의 어깨를 관통해 버린 것이다.

그나마 다행이었다.

이청의 체구가 상대적으로 현각 대사에 비해서 장대한 까닭에, 그리고 자리가 약간 옆쪽이었기에 머리가 아닌 어깨였다.

이청의 자리가 조금만 틀어졌어도 어깨가 아니라 목이나 심장이 당했을 수도 있었던 것인데, 그의 뒤에 다른 사람이 없었던 것 또한 실로 다행이었다.

이청의 어깨를 관통한 물체는 전혀 힘이 죽지 않은 채로 대여섯 장이나 떨어진 뒤편의 석벽까지 날아가서 깊숙한 박혔던 것이다.

"놈!"

장내의 모두가 삽시간에 좌우로 흩어져서 벽에 붙는 가운데, 화신칠검의 수좌인 적엽이 바람처럼 앞으로 쏘아졌고, 누군가 침음이 그 뒤를 따랐다.

"무시마궁(無矢魔弓)……!"

장내의 모두가 뒤쪽 동굴의 벽에 난 구멍을 바라보고 있었다.

이청의 어깨를 관통하고도 여전한 힘으로 동굴의 벽에 박힌 화살이 검은 연기를 피워 내며 감쪽같이 사라졌다.

마치 환상 혹은 착시처럼 동굴의 벽에는 구멍만 남아 있었다.

화살은 진짜 화살이 아니라 화살의 형태를 갖춘 일종의 강기였던 것이고, 이런 식의 신위를 보일 수 있는 것은 과거 마교의 십대 장로 중 하나인 요수마궁(妖手魔弓) 척비(隻緋)가 사용하던 천하 십대 마병(天下十大魔兵)의 하나, 무시마궁밖에 없는 것이다.

장내의 모두가 그걸 깨달으며 침묵하는 그때 앞으로 쏘아졌던 적엽의 목소리가 들려왔다.

"다들 어서 이쪽으로 와 보십시오!"

여전히 전방을 경계하고 있던 장내의 모두가 재빨리 전열을 가다듬으며 앞으로 나아갔다.

그리고 보았다.

지하에 주로 형성되는 거대한 공동(空洞), 동굴의 광장이었다.

방원 십 장이 넘고, 뾰족한 돌 고드름, 종유석이 어지럽게 늘어진 천장도 그만큼 높은 거대한 동굴 광장이었다.

광장의 한쪽에는 천장에서 뚝뚝 떨어지는 물방울이 모여서 이루어진 듯 보이는 연못이 있고, 울퉁불퉁한 바위들이 연이어 붙어서 타원형을 이루는 사방의 벽은 전혀 인간의 손을 타지 않은 것으로 보였으나, 놀랍게도 실제는 전혀 그렇지가 않았다.

경빈진인 등이 들어선 입구를 마주하는 동굴 광장의 건너편에는 같은 크기의 동굴 하나가 자리하고 있었다.

자연적으로 형성되었다고 보기에는 너무나 똑같은 형태를 갖춘 동굴이었다.

경빈진인은 바로 그 맞은편 동굴의 내부를 살펴보았다.

동굴 광장은 횃불 같은 것이 없음에도 앞서 지나온 동굴보다 더 밝았다.

야명주의 가루가 더욱 많이 섞인 듯 벽 자체가 은은한 빛을 뿜어내서 멀리서도 동굴의 내부를 살펴볼 수가 있었다.

하지만 동굴의 내부는 달랐다.

마치 빛을 삼키는 괴물이라도 살고 있는지 어둠 그 자체였다.

"음."

경빈진인은 절로 침음을 흘렸다.

제아무리 칠흑 같은 어둠 속에서도 능히 사물을 구별할 수 있는 안력의 소유자인 그의 눈에도 그렇게 보인다는 것은 실로 놀랄 만한 일이었다.

그의 안력으로도 뚫지 못하는 진법이나 결계가 설치되어 있다는 뜻이 되기 때문이다.

결국 그는 포기하고 적엽진인에게 시선을 주며 물었다.

"암습자는 놓친 겐가?"

적엽진인이 계면쩍은 표정으로 대답했다.

"빠른 자였습니다. 이미 사라지고 없더군요. 흔적이 남아 있으니, 저쪽 동굴로 들어간 것이 확실합니다."

경빈진인은 새삼스러운 눈빛으로 동굴을 주시하며 말했다.

"흔적은 쉽게 찾았을 게야. 굳이 감추려고 하지 않았을 테니까. 아니, 어쩌면 일부러 흔적을 남겨 두었을지도 모르지. 네 생각은 어떠냐?"

적엽진인이 인정했다.

"제 생각도 같습니다. 저의 시선에 닿지 않고 사라진 것으로 봐서는 상당한 경신술의 달인이라 충분히 바닥을 딛지 않고도 저리 갈 수 있다고 생각되는데, 흔적이 남아 있었습니다."

경빈진인은 가만히 고개를 끄덕이며 이제야말로 건곤산수 이청의 상세를 살폈다.

"괜찮은가?"

건곤산수 이청은 종남파의 장로인 종남일선(綜南一仙) 해광(解鑛)의 부축을 받고 있었다.

미간을 찌푸린 그가 뭐라고 대답하기도 전에 종남파 장문인 부약도가 말을 가로챘다.

"괜찮습니다. 이 정도 상처 가지고 다른 분들에게 누를 끼칠 수는 없는 일이지요."

이청이 함구했다.

경빈진인은 그런 이청의 태도를 보고 못내 신경이 쓰였으나, 부약도의 급한 성정을 익히 잘 알고 있는지라 애써 관심을 끊었다.

그는 잠시 장내를 둘러보며 생각에 빠졌다가 이내 제갈현도에게 시선을 주며 물었다.

"자네의 생각은 어떤가? 이걸 어찌 판단해야 옳은 것 같은가?"

제갈현도가 난감한 기색으로 대답했다.

"제가 보기엔 서로 상반된 두 가지 이유가 있어 보입니다. 다만 워낙 노골적인 수작이라 오히려 불안합니다."

"일단 들어나 보세."

"우선 적은 우리를 한시라도 빨리 안으로 끌어들이고 싶은 것 같습니다. 이건 아무리 봐도 누굴 죽이겠다는 의도를 가졌다기보다 죽어도 좋고 죽지 않아도 상관없다는 식의 기습입니다. 즉, 우리를 유인하는 것밖에는 안 되는 짓이지요."

종남파 장문인 부약도가 불쑥 끼어드는 것으로 새삼 급한 성격을 드러냈다.

"어차피 여기로 오는 길밖에 없는데, 굳이 그럴 필요가 어디에 있다는 거요?"

"그래서 빨리라는 단서를 붙이지 않았습니까. 우리가 천천히 들어서면 안 되는 이유가 그들에게 있다는 얘기지요. 실제로 우리는 방금 전의 기습만 아니었다면 이곳 광장으로 들어서는 데 꽤나 시간이 걸렸을 겁니다. 첫 번째 함정으로 인해 극도로 신중할 수밖에 없는 입장이었으니까요. 아니 그렇습니까?"

부약도는 성격만 급한 것이 아니라 자존심도 강한 사람인 것 같았다.

제갈현도의 한 수 가르쳐 준다는 식의 말투가 매우 거슬렸는지 곱지 않은 눈빛으로 쳐다보며 퉁명스럽게 대들었다.

"그러니까, 대체 그런 이유가 뭐냐, 이거요, 내 말은!"

제갈현도가 대답하려는데, 벌써 그의 말을 이해한 곤륜파의 장문인 종학검선 운학인이 나섰다.

"대저 어떤 진법의 결계는 시간이 지나면 자연히 해체되고 다시 펼치는데 오랜 시간이 걸리기도 하지요."

"바로 그겁니다."

제갈현도가 기다렸다는 듯 나서며 부연했다.

"과거 마교의 절진들은 더 없이 살인적이고 파괴적인데 반해 지속 시간이 매우 짧았습니다. 모르긴 해도, 저는 그게 아닌가 싶습니다."

경빈진인이 확인하듯 물었다.

"진짜 함정은 안에 따로 준비되어 있다는 건가?"

제갈현도가 한 발 빼는 자세로 인정했다.

"상황만 놓고 보면 그럴 가능성이 충분하다는 얘깁니다."

"그럴 수 있겠지."

경빈진인이 조용히 중얼거리며 고개를 끄덕였다.

그만이 아니라 좌중 모두가 수긍하는 눈치였다.

부약도 이제야 납득한 듯 조개처럼 입을 다물고 있었다.

경빈진인이 그게 상관하지 않고 재우쳐 물었다.

"하면, 두 번째는 무엇인가?"

"그게 좀 우습게 들릴 수도 있습니다만……."

제갈현도가 어색한 미소를 흘리며 뜸을 들이다가 말했다.

"우리가 빨리 들이닥치면 안 되기 때문에 어떻게든 최대한 시간을 끌어 보자고 나선 것일 수도 있다는 것이 바로 제가 생각하는 두 번째 이유입니다."

경빈진인은 전혀 웃지 않았다.

그는 제갈현도의 지목하는 것을 정확하게 이해하며 말했다.

"지금처럼 말이지?"

제갈현도가 바로 인정했다.

"예, 그렇습니다. 상황을 한 번 더 꼬아 놓는 고단수의 술책
이라고나 할까요?"

"음."

경빈진인이 침음을 흘리는 것으로 수긍하는 사이, 나머지 장
문인들과 명숙들 중에서 이유를 모르겠다는 듯 잠시 어리둥절
한 표정이던 사람들도 이제야 이해한 기색으로 고개를 끄덕이
고 있었다.

그들 중의 한 사람, 제갈현도의 말을 인정하고 물러났던 부
약도가 어처구니없다는 듯이 웃으며 투덜거렸다.

"이거야 원, 결국 둘 중의 하나, 반반이라는 소리군그래!"

제갈현도가 냉정하고 차분하게 설명을 추가했다.

"기실 예로부터 내로라하는 책사, 모사들의 수법이 다 이런
식입니다. 분명히 어떤 수작인지 알면서도 당할 수밖에 없는 그
런, 고도의 기만술이지요."

경빈진인이 과연 그렇다는 듯 새삼 고개를 끄덕이는 것으로
수긍하고는 불쑥 웃는 낯으로 제갈현도를 바라보며 물었다.

"그래 저들의 책사는 그런 식의 기만술을 썼다고 치고, 그럼

우리 책사인 자네는 어떻게 대응할 것인가?"

제갈현도가 잠시 머뭇거리다가 말했다.

답변이 아니라 확인이었다.

"무릇 세상의 모든 책사는 그저 모든 가능성을 열어 놓고 떠벌일 뿐입니다. 결정하는 것은 자기가 아니라 전적으로 자기의 얘기를 들은 수장의 몫이기 때문이지요. 요컨대 조언하고 충고할 뿐, 책임은 지지 않는 얘기입니다. 저도 그렇습니다. 특히나 이렇듯 대단한 분들의 생사가 걸린 일은 절대 책임지고 싶지 않습니다. 그래도 말씀드릴까요?"

경빈진인은 어찌 보면 실로 얄밉기 그지없는 대답을 듣고도 넉넉하게 웃는 낯으로 대답했다.

"절대 자네보고 책임지라는 소리는 안 할 테니, 어서 말해 보게."

제갈현도가 그제야 말했다.

"저는 빠르게 유인하려는 게 아니라 최대한 늦추려는 속셈이 아닌가 싶습니다."

"물론 그렇게 생각하는 이유가 있겠지?"

"다 좋은데 눈에 거슬리는 게 두 가지나 있습니다."

"뭔가 그게?"

"정말로 과거 마교의 십대 장로 중 하나인 요수마궁 척비인지, 아니면 후예인지는 모르겠지만, 아까 암습을 한 자가 여기 광장에 남긴 흔적 말입니다. 정말 허겁지겁 서둘러 갔다면 흔적이 남지 않아야 합니다. 속이려는 의욕이 과해서 저지른 명백한 실수로 보입니다."

"두 번째 이유는?"

제갈현도는 경빈진인의 반문을 듣기 무섭게 의미심장하게 웃는 낯으로 장내를, 바로 동굴 광장을 둘러보며 대답했다.

"보시다시피 바로 여기를 버렸기 때문입니다. 보시다시피 여기는 적을 맞이해서 싸우기에 최적의 장소입니다. 안은 넓고 들어오는 입구는 하나이기 때문이죠. 저들에게 지금 당장 우리를 막을 힘이 있다면, 적어도 그럴 채비를 갖추고 있다면 이런 최적의 장소를 버릴 이유가 없습니다."

"과연, 그렇군. 이 자리가 바로 저들이 실로 우리의 기습을 예상치 못하고 있었다는 증거였어."

경빈진인이 수긍하자, 제갈현도가 조심스럽게 말을 더했다.

"그렇습니다. 내친김에 더 말씀드리자면, 저들은 이전의 함정으로 우리를 몰살시킬 수 있다고 자만했는지도 모르겠습니다. 그게 턱도 없이 실패하자, 크게 당황해서 서두르다 보니 이런저런 실수가 나오는 것일 테지요."

"과연!"

경빈진인은 거듭 수긍하며 좌중을 향해 물었다.

"빈도의 생각은 그런데, 다들 어떻게 생각하시오?"

소림사의 현각 대사가 말했다.

"소승의 생각도 같습니다. 확실히 제갈 군사의 의견이 옳다는 생각입니다."

무당파의 자허진인도 동의했다.

"저도 같은 생각입니다. 그게 아니면 요새와도 같은 여기를 이리 방치한 이유가 없을 것 같습니다."

이번 작전을 진두지휘하는 경빈진인이 수긍했고, 태산북두 소림과 무당의 장문인이 동의했다.

앞선 함정의 여파로 인해 구파 연합처럼 되어 버린 작금의 상황에서 이의가 있어도 나설 사람은 없을 터였다.

하물며 다들 제갈현도의 판단을 인정하는 기색이었다.

아미파의 장문인 금정신니가 적극적으로 나섰다.

"사실이 그렇다면 실로 우리에겐 다시없을 기회라는 뜻이네요! 어서 서둘러야겠습니다!"

"그럽시다!"

경빈진인은 짧게 금정신니의 말에 동조하며 소림사의 현각 대사에게 시선을 주었다.

현각 대사가 기다렸다는 듯이 반응해서 사대 금강을 이끌고 앞으로 나서서 일행을 선도했다.

경빈진인이 그 뒤를 따르고, 다시 그 뒤에 무당파의 자허진인 등을 위시한 구대 문파의 장문인들과 예하의 명숙들이 붙었다.

지하 광장을 벗어나는 동굴은 진입할 때의 동굴과 비교해서 상대적으로 매우 좁았다.

특히 폭이 좁아서 두 사람이 어깨를 나란히 하면 버거울 정도라 줄줄이 일렬로 나란히 걸어야 했는데, 그런 동굴이 불규칙적으로 이리저리 구불구불 이어져 있어서 흡사 미로로 들어선 기분이 들었다.

선두의 현각 대사가 그걸 확인하자마자 말했다.

"인위적으로 만들어 놓은 통로입니다."

뒤를 따르는 사대 금강 사이에 있던 경빈진인이 예리하게 현각 대사의 말을 이해하며 대답했다.

"그렇구려. 제 아무리 뛰어난 고수라도 이 안에서는 꼼짝없이 당하고 말겠소."

누군가 침입자를 막기 위해서 인공적으로 방어에 유리한 지형의 통로를 꾸며 놓았다는 말이었다.

사실이 그랬다.

경빈진인의 수긍과 동시에 현각 대사의 바로 뒤를 따르던 사대 금강 중 하나가, 정확히는 십팔 나한을 거쳐 사대 금강의 지위를 얻는 순간부터 항렬이 정하는 법명과 별개로 각기 지국(持國), 광목(廣目), 증장(增長), 다문(多聞)이라 불리는 네 명의 아라한 중 다문이 그것을 증명해 냈다.

순간적으로 현각 대사의 머리 위를 뛰어넘은 광목의 손이 측면의 벽을 향해 손을 뻗었다.

퍽—!

둔탁한 소음과 함께 광목의 손이 벽에 구멍을 내며 팔뚝까지 파고 들어갔다.

다문이 그 손으로 무언가를 움켜잡은 채로 거칠게 잡아 뽑았다.

사람이었다.

동굴 벽을 무너트리며 빠져나오느라 얼굴이 피투성이가 되어 버려서 나이는 짐작할 수 없지만, 얼추 중년의 사내였다.

"크으으……!"

다문이 신음하는 그 중년 사내의 목을 누르는 일격으로 단번에 숨을 끊어 놓고는 마치 크게 실수한 사람처럼 곤혹스러운 표정으로 현각 대사와 경빈진인을 번갈아 보았다.

현각 대사가 겸연쩍은 미소를 보이며 그런 다문을 비호하듯 말했다.

"근데, 매복자의 실력은 별로로군요."

경빈진인은 담담하게 고개를 끄덕이며 대답했다.

"어쨌거나, 이것으로 저들이 우리의 빠른 진입을 거부하고 있다는 것이 다시금 증명된 셈이군그래."

현각 대사가 자신만만하게 장담했다.

"그럼 어서 서두르시지요. 다문은 일찍이 불가육통(佛家六通) 중 천이통(天耳通)을 수련해서 창문 밖 정원에서 꽃이 피어나는 소리까지 들을 수 있고, 광목의 천안통(天眼通)은 비록 이제 막 입문한 수준이긴 해도, 벽을 뚫어 볼 수 있을 정도는 되는 터라, 가늠하기 어려운 살인 기관 이외의 것은 능히 감당할 수 있으니, 속도를 늦추지 않아도 될 것입니다."

현각 대사의 말은 한 치도 어김없는 사실이었다.

그가 언급한 사대 금강의 두 사람, 다문과 광목이 그것을 증명했다.

구파 연합처럼 변해 버린 경빈진인 등은 방어를 위해서 인공적으로 만들어졌음에 확실한 좁고 불규칙적으로 이어진 동굴은 무려 반 시진이나 지나야 했고, 그사이에 무려 서른두 군데에 걸쳐 일흔두 명이나 되는 매복이 있었으나, 단 한 차례도 당하지 않았다.

다문과 광목이 매번 사전에 적의 매복을 간파한 덕분이었다.

그러나 그렇듯 의기가 충만해진 상태로 마침내 동굴의 끝자락, 또 하나의 거대한 지하 광장에 도착한 그들이 마주친 것은 쉽게 이해하기 어려운 현실이었다.

삼십여 명의 범상치 않은 수하를 거느린 채 등받이도, 팔걸이도 없이 투박한 나무 의자에 앉아 있는 흑포사내가 지하 광장으로 들어서는 그들을 바라보며 탄식에 이은 질문이 그랬다.

"이이제이(以夷制夷)라, 역시 이사형의 머리는 이런 쪽으로 정말 비상하다니까. 역시 대사형도 이사형이 손을 쓴 게 분명해. 근데, 대체 너희들 중 누가 이사형에게 줄을 댄 거냐? 워낙 또라이라 쉽지 않았을 텐데 말이야. 누구냐?"

경빈진인의 얼굴이 볼썽사납게 일그러졌다.

아니, 그만이 아니라 일행 모두가 한껏 일그러진 얼굴이었다.

이이제이란 오랑캐로 오랑캐를 친다는 뜻으로, 어떤 적을 이용해서 다른 적을 제어하거나 제압한다는 의미를 가진 고사성어이다.

거기에 마기에 젖은 듯이 보이는 사내의 입에서 친근한 듯 친근하지 않은 어조로 흘러나온 이사형이라는 말이 더해지자 참으로 인정하기 싫은 현실이 그들의 뇌리에 떠오른 것이다.

투박한 나무의자에 앉은 흑포사내가 일그러진 그들의 반응을 보고는 어깨를 들썩이며 키득거렸다.

"크크, 뭐야? 그 병신 같은 반응들은? 대체 여기가 어디고, 내가 누군지 알고 찾아왔다는 거야?"

경빈진인은 실로 노강호답게 이내 마음을 다잡으며 공수했다.

"빈도는 화산의 경빈이라고 하외다."

정중한 포권의 예에 대한 답변은 거칠고 사나운 욕설이었다.

"지랄한다! 이제 와서 남사스럽게 통성명은 무슨……!"

흑포사내의 곁에 서 있던 백발노인이었다.

욕설을 내뱉으며 앞으로 한 발짝 나선 그의 손이 경빈진인을 가리켰다.

쐐액-!

백발노인의 손에서, 정확히는 손목에 수평으로 장착된 애들 장난감처럼 생긴 작은 활, 이른 바 노(弩)에서 더할 수 없이 예리한 기세가 쏘아졌다.

　장내에 있는 사람들 중 열의 하나도 보기는커녕 느낄 수도 없이 빠른 기세, 무시마궁으로 쏘아진 형체 없는 화살, 무형시(無形矢)였다.

　"……!"

　사대 금강이 움찔했으나, 정작 나서지는 않았다.

　현각 대사가 슬쩍 손을 들어서 앞을 막은 까닭이었다.

　내색을 삼가고 본색을 드러내지 않아서 그렇지 그들 중 최고수는 누가 뭐래도 경빈진인임을 알기 때문이다.

　과연 경빈진인은 그와 같은 현각 대사의 믿음을 저버리지 않았다.

　경빈진인이 전광석화처럼 검을 뽑았다.

　순간적으로 휘둘러진 그 검신 아래 백색의 섬광이 명멸했다.

　챙-!

　요란한 금속성이 터졌다.

　경빈진인의 매화검이 무시마궁으로 쏘아 낸 무형시를, 바로 뾰족하게 날선 강기를 베어 소멸시키며 일어난 소음이었다.

　무시마궁의 백발노인이 주춤 뒤로 한 걸음 물러났다.

　격돌의 여파에 밀려난 것이다.

　검을 휘둘러서 무형시를 베어 버린 경빈진인은 자세가 조금 낮아졌을 뿐, 제자리를 굳건하게 지키고 있었다.

　백발노인이 그런 경빈진인을 보고 두 눈썹을 지렁이처럼 꿈

틀하며 앞으로 나섰다.

투박한 의자에 앉아서 상체를 앞으로 숙이고 무릎에 두 팔꿈치를 댄 채 깍지를 끼고 경빈진인을 주시하고 있던 흑포사내가 고개를 저었다.

"척노(隻老), 뭘 그리 서둘러요? 나도 그렇고, 애들도 방금 전에 깨어났는데, 천천히 가죠, 우리?"

삭막한 눈빛의 백발노인, 척 노가 앞으로 나서다가 말고 어깨를 으쓱이며 묵묵히 물러났다.

흑포사내가 경빈진인을 위시한 구대 문파의 장문인 일행을 훑어보고는 새삼 키득키득 웃었다.

"재밌네. 표정들이 참 오묘해. 아무래도 이사형이 사부님을 판 건 분명해 보이는데, 내가 누군지는 모르는 거야. 그렇지?"

경빈진인은 대답 대신 슬쩍 구대 문파의 장문인들을 둘러보며 말했다.

"선대의 말씀을 들어 보면 마교주 천마는 항시 많은 제자들을 두었다고 하더이다. 혹시 그에 대해서 들어 본 바가 있소?"

소림사의 현각 대사가 대답했다.

"물론이지요. 과거 마교가 몰락하던 당시에도 마교주의 제자가 아홉이나 되었다고 하더군요."

무당파의 자허진인이 말을 받았다.

"그중에 여제자도 셋이나 되었다지요, 아마?"

종남파의 부약도가 볼멘소리로 끼어들며 투덜거렸다.

"뭘 그리 에둘러 말하고 있는 겁니까. 그냥 직접 저 녀석에게 물어보면 될 것을 가지고요."

그리고 자기 말처럼 직접 나서서 흑포사내를 향해 물었다.

"그래서 네가 마교주의 몇 번째 제자라는 게냐?"

흑포사내가 웃었다.

비웃음이었고, 곧바로 이어서 흘러나온 대꾸도 비아냥거림이었다.

"멍청하게 속아서 함정에 빠진 주제에 태연하기도 하지."

그러더니 갑자기 자못 머쓱해진 얼굴로 고개를 저었다.

"아니, 피차일반이니 내가 욕할 건 아닌 건가? 아무려나, 그래 통성명은 해야지. 앞으로 어떻게 될 사이인지도 모르는 마당이니 말이야."

그는 자리에서 일어나서 자못 정중하게 공수하며 자신을 소개했다.

"나는 궁(穹)자, 독(獨)자를 쓰시는 제칠대 마교 대종사이신 천마대제(天魔大帝)의 셋째 제자인 독수마룡(毒手魔龍) 아소부(亞小阜)다. 보아하니 이사형의 술수에 속아서 여기가 사부님의 안식처로 알고 찾아온 모양인데, 나 역시 이사형의 농간에 놀아나긴 싫으니, 어디 우리 한번 서로를 위해서 진지한 대화를 좀 나누어 보는 것이 어떤가?"

"……?"

경빈진인 등이 이건 또 무슨 소린가 싶은 표정으로 바뀌는 참인데, 흑포사내 독수마룡 아소부가 히죽 웃으며 덧붙였다.

"아, 혹시 몰라서 말해 두지만, 내가 당신들을 감당하기가 버거워서 이러는 것이라고 오해하지는 마. 하루 이틀 전이었다면 모를까, 지금은 아니야. 당신들이 결계 속에서 충분히 헤매 준 덕분에 이렇게 내와 내 아이들이 깨어났으니까. 그러게 아무리 급해도 그렇지, 기문진에 능통한 사람 하나 정도는 대동했어야지. 하하하……!"

경빈진인은 절로 고개를 갸웃거리며 뒤를 돌아보았다.

기문진에 능통한 사람이 없다는 말에 절로 제갈현도를 돌아본 것인데, 다음 순간 그는 절로 안색이 변해서 주변을 두리번거렸다.

어이없게도, 아니, 귀신이 곡하게도 제갈현도가 보이지 않았다.

분명 여기 지하 광장을 앞두었을 때까지도 곁에 있던 제갈현도가 거짓말처럼 감쪽같이 사라진 것이다.

"허허……!"

경빈진인은 그 자신의 반응을 보서야 제갈현도가 사라졌음을 깨달으며 놀라는 일행을 바라보며 허탈한 웃음을 흘렸다.

등잔 밑이 어둡다더니 딱 그 짝이었다.

아소부의 말이 사실이라면 구파 연합이 주도한 이번 작전은 적과 내통한 제갈현도가 꾸민 함정인 것이다.

"뭐야? 이제야 간자가 누군지 알았나본데, 그가 벌써 내뺐나

보지? 하하하……!"

아소부가 웃음을 그치고 멀뚱거리는 눈으로 경빈진인 등의 반응을 살피더니, 예리하게 바로 상황을 파악하며 박장대소하고 있었다.

경빈진인은 애써 마음을 다잡고 아소부에게 시선을 주며 물었다.

"우리가 결계 속에서 헤맸다?"

아소부가 거짓말처럼 웃음을 그치고 의미심장한 눈빛으로 지그시 바라보며 대답했다.

"의심하지 말고 믿어. 내가 이 마당에 그딴 걸로 당신들을 속여서 무슨 이득이 있겠어?"

경빈진인은 차분해져서 물었다.

"하루 이틀 전이라고 말하는 것을 보니, 결국 이틀이 지났다는 소린데, 정말 우리가 이틀이나 기문진의 결계에 갇혀 있었다는 건가?"

아소부가 어깨를 으쓱하며 대꾸했다.

"모르는 게 당연해. 기문진에 대한 해박한 지식을 가진 사람도 쉽게 알기 어려운 결계니까."

그러고는 슬쩍 고개를 돌려서 우측에 서 있는 척노와 나란히게 좌측에 서 있는 초로의 노인을 바라보았다.

특이하게도 한쪽 눈빛이 붉은 그 노인이 즉시 반응해서 고개를 숙이며 말했다.

"아홉 명의 목숨을 담보로 하루를 넘기는 구생기혼돈마형진 (九生氣混沌魔形陣)을 천지음양(天地陰陽)의 형태로 두 번 반복해서 이틀을 벌었습니다."

아소부가 경빈진인을 향해 빙그레 웃었다.

"그렇다는군. 허기가 졌을 만도 한데, 다들 생사가 여일해서 못 느끼셨나 보지?"

"……."

경빈진인은 내심 적잖게 놀랐다.

지금 다시 돌이켜 봐도 동굴에 들어온 이후부터 지금까지 아무리 넉넉하게 잡아도 반나절을 넘기지 않은 것으로 느껴지는데, 어느새 이틀이 지났다는 것이다.

너무나도 진짜와 같은 기문진의 환상과 환각으로 인해 그들의 감각은 이틀이라는 시간을 불과 반나절로 인식해 버렸다는 얘기였다.

"음!"

경빈진인은 절로 침음을 흘렸다.

시간의 흐름마자 변화시키는 기문진이라니, 참으로 믿을 수도 없고, 믿지 않을 수도 없어서 황당하기 짝이 없었다.

'사람의 목숨을 대가로 펼치는 마교의 수법은 실로 오묘해서 파악하기가 어렵다더니, 실로 그렇구나!'

경빈진인은 내심 경각심을 드높였다.

마교가 왜 마교인가?

어찌하여 그들은 사람들의 지탄을 받으며 악의 종주로 대변되고 있는가?

이유는 바로 그들이 귀신의 힘을 빌리며 그 대가로 인신공양(人身供養)의 의식을 광범위하게 실시하기 때문이다.

지금 이 순간에도 그와 같은 그들의 정체성이 드러나고 있었다.

한쪽 눈이 붉은 저 정체 모를 노인은 아홉 명의 생명으로 하루를 벌었다는 사실을 자랑스럽게 말하고 있지 않은가 말이다.

"그래서!"

경빈진인은 사뭇 냉담한 어조로 잘라 물었다.

"대체 우리와 무슨 얘기를 나누고 싶다는 건가?"

아소부가 턱을 들고 거만하게 바라보며 말했다.

"앞서 말했다시피 다른 누구의 농간에 놀아나는 건 딱 질색인 성격이거든 내가. 그러니, 소위 말하는 오월동주(吳越同舟)하는 것을 한번 해 보자는 거지."

오월동주란 오(吳)나라 사람과 월(越)나라 사람이 같은 배를 탄다는 은유적인 표현의 고사성어로, 원수지간이라도 공동의 목적을 달성하기 위해서는 서로 협력한다는 것을 비유하는 말이다.

경빈진인은 어디까지나 냉정하게 물었다.

"귀하와 우리가 어떤 공동의 목표를 가질 수 있을까?"

아소부가 말했다.

"나는 배신을 당했고, 당신들은 다른 누군가의 술책에 속아서 실수가 되었다는 것이 지금의 상황이야. 그러니까 우리가 서로 싸우지 않고 조용히 이곳을 벗어나면 다른 사람의 농간에 놀아나지 않게 되는 거지. 어때?"

"동귀어진을 피하자는 건가?"

"자만이 너무 심하네?"

"자만?"

"나는 높게 잡아도 삼 할의 피해고, 당신들은 전멸이야. 전부 다 죽을 거라고. 다만 난 삼 할의 전력도 무지 아쉽거든. 이제 알겠지만 상대가 이렇듯 사제조차 안면몰수하고 가차 없이 죽이려는 독종일 정도로 만만치 않아서 후계 싸움에서 이기려면 최대한 전력을 지켜야 하니까."

"그러니까, 싫지만 어쩔 수 없이 우리에게 선심을 쓰는 거군 그래."

"뭐, 그런 셈이지. 그런 거 저런 거 다 떠나서 깊게 생각할 거 없지 않나? 나를 죽이려는 자가 내 사형인 이상, 나는 고작 지금의 전력을 유지한다는 것이 다지만, 당신들은 일거양득, 아니, 삼득이잖아. 여기서 죽지도 않고, 마교 내부의 알력을 극대화시켜 놓으면서, 계속해서 마교와 싸울 수 있으니까 말이야. 안 그래?"

"과연 그렇군."

경빈진인은 실로 그렇다는 표정으로 고개를 끄덕이며 재우쳐 물었다.

"한데, 귀하를 포함한 당대 마교주의 제자가 몇이나 되기에 후계 싸움이 이리도 치열한 거요?"

아소부가 대수롭지 않다는 투로 대답했다.

"다해서 일곱이었지만, 지금은 다 죽고 셋만 남았지. 이사형과 나, 그리고 일곱째 사제만 말이야. 물론 이제 얼마 지나지 않으면 나 혼자만 남을 테지만 말이야."

경빈진인은 놀랍다는 표정으로 중얼거렸다.

"천마대제 궁독은 참으로 지독한 사람인가 보군. 무릇 제자들의 암투를 방치하고 경쟁에서 살아남은 제자를 후계자로 선정하는 것은 패도를 추구하는 방파의 주인들조차 종종 쓰는 방식이긴 하지만, 보통은 죽음까지 가도록 내버려 두지는 않거든."

아소부가 어깨를 으쓱했다.

"좀 그런 편이긴 하시지."

경빈진인은 호기심이 동한 눈빛을 던지며 물었다.

"아직도 여전히 제자들의 암투를 그냥 지켜보고 있다는 예기군. 자기 이름까지 팔면서 싸우고 있는 것도 모르고 말이야."

"자기 이름을 팔다니?"

"우린 여길 그자가, 바로 천마대제 궁독이라는 당대 마교주가 폐관 수련한 마황동으로 알고 왔거든. 귀하의 사형이 우리에게 그런 정보를 흘린 거지."

"흐흐, 그랬단 말이지. 과연 이사형 다운 잔머리로군. 하지만 그건 오해야. 우리 사부님께서는 벌써 오래전에 마황궁(魔皇宮)을 떠나서 만일 폐관에 드셨으니까."

"만일 폐관?"

경빈진인은 황당해했다.

"만일이면 삼십 년에 가까운 세월인데, 그런 폐관 수련도 다 있나?"

아소부가 코웃음을 쳤다.

"흥, 돌아가셨다는 얘기지. '천마는 죽지 않는다'가 우리 마교 총단의 율법이거든. 그러니 대대로 모든 대종사들은 그렇게 은 퇴하시는 거지. 자기 죽음을 보이지 않으려는 고양이처럼 죽었는지 살았는지 모르게 말이야."

경빈진인은 깜짝 놀란 표정을 지으며 넘겨짚었다.

"아니, 그럼 후계자도 정하지 않고 죽었다는 건가?"

아소부가 새삼 음충맞은 기소를 흘렸다.

"흐흐, 후계자야 정해 주셨지. 천마공자, 우리 대사형으로 말이야. 근데, 그분이 신비롭고 환상적인 신위를 가지긴 했어도, 워낙 마도와 어울리지 않게 현실적이기보다는 서정적인 성격인데다가, 사람을 너무 믿는단 말이지. 그래서 당했을 거야. 우리 영악한 이사형이 그 틈을 놓칠 리 없으니까."

"그럼 작금의 중원 침탈을 감행한 것이 바로 그 이사형이라는 자의 짓이라는 소리구려."

"뭐, 대충 그렇게 볼 수 있지."

"그래도 조금 이상하오. 천마대제 궁독을 따르던 기존의 마두들도 한 둘이 아닐 테고, 그들의 욕심도 만만치 않을 텐데, 후계자가 사라진 마당에 그들이 수수방관하며 잠자코 있다는 것이 어째 설득력이 없구려."

"그들이 수수방관할 리가 있나. 그들도 다들 한몫 챙기려고 혈안이 되어 있지. 이사형의 주도로 중원 장악이 시작된 지금도 우리가 알게 모르게 엄청난 암투를 벌이고 있을 걸 아마?"

"하면……?"

"됐어."

아소부가 대뜸 말을 끊고 의미심장한 눈빛으로 경빈진인을 지그시 바라보며 재우쳐 말했다.

"이 정도 장단 맞춰 주었으면 됐잖아. 더 이상 바라는 건 내 기분을 상하게 하는 과욕이니까, 그만두고 어서 대답이나 하지? 오월동주, 할래, 말래?"

그랬다.

경빈진인은 어떻게든 마교의 속사정을 알아내려고 아소부의 말에 장단을 맞추고 있었던 것이고, 아소부는 그걸 알면서도 적당히 속아 주며 마교의 내부 사정을 드러냈던 것이다.

경빈진인은 재촉하는 아소부의 태도에서 실로 억제된 분노를 잃으며 웃는 낯으로 고개를 끄덕였다.

그리고 대답 대신 천천히 아소부를 외면하며 고개를 뒤로 돌려서 일행들을 향해 말했다.

"조금 더 많은 정보를 얻어 냈으면 좋으련만, 빈도의 말재주가 그에 미치지 못해서 미안하외다. 어쨌거나, 들었다시피 상황이 이렇소. 우리는 마교주의 둘째 제자가 부린 음모에 빠져서 이곳에 온 것이고, 저자 역시 사형인 그자에게 뒤통수를 맞은 모양이오. 그나마 다행인 것은……."

아소부는 경빈진의 말을 들으며 웃는 낯으로 고개를 끄덕였다.

이제 다음에 이어질 말은 당연히 자신이 내건 제안이라고 생각했기 때문이다.

그러나 아니었다.

경빈진인은 그의 생각과 정반대의 의견을 토로했다.

"……당대 마교주인 제칠대 마교주 천마대제 궁독의 셋째 제자라는 저자, 독수마룡 아소부도 어차피 우리가 처리해야 할 마두이고, 우리가 나서서 창피할 정도로 약한 자도 아닌 듯하오. 그러니 어서 후딱 처리하고 나갑시다."

"좋지요!"

누군가의 동의와 함께 장내의 살기가 비등했다.

때를 같이해서 웃고 있던 아소부가 그야말로 벌레를 씹은 것처럼 볼썽사납게 일그러진 얼굴로 빠드득 이를 갈았다.

"명문 정파의 후예란 것들은 단순히 외곬으로 곧아 융통성이 없는 정도가 아니라 무지할 정도의 고지식이라는 사부말씀이 사실이었군!"

그리고 재우쳐 악을 썼다.

"쳐라! 한 놈도 살려 두지 마라!"

비등하던 장내의 살기가 사방으로 터져 나갔다.

드넓은 지하 공동이 아수라장으로 변하는 것은 그야말로 순식간의 일이었다.

다음 권으로 이어집니다

꿈의 도약, 로크에서 하십시오
(주)로크미디어에서 신인 작가를 모십니다

즐거운 세상, 로크미디어는 꿈을 사랑하고 도전을 두려워하지 않는 작가 분들의 참신한 작품을 기다리고 있습니다. 21세기 장르 문학계를 이끌어 갈 차세대 선두 주자 (주)로크미디어에서 여러분의 나래를 활짝 펴 보시길 바랍니다.

모집 분야 판타지와 무협을 포함한 장르 문학
모집 대상 아마추어 작가, 인터넷 작가
모집 기한 수시 모집
작품 접수 시 유의 사항
1. 파일명은 작가명_작품명.hwp형식을 갖춰 주십시오.
1. 파일에 들어갈 내용은 다음과 같습니다.
   − 성명(필명인 경우 실명을 밝혀 주세요), 연락처, 이메일 주소
   − 제목, 기획 의도
   − A4용지 1장 분량의 등장인물 소개
   − A4용지 2장 분량의 전체 줄거리
   − 본문
1. 작품이 인터넷에 연재되고 있다면, 게시판명과 사이트의 구체적이고 정확한 주소를 기재해 주십시오.

선택된 작품은 정식 계약 후 출판물로 간행되어 전국 서점에 유통됩니다.
작가 분은 (주)로크미디어의 전폭적인 지원하에 전속 작가로 활동하시게 됩니다.
※ 자세한 내용은 로크미디어 홈페이지(rokmedia.com)를 참조하세요.

(03920)서울시 마포구 성암로 330 DMC첨단산업센터 3층 318호
(주)로크미디어 편집부 신간 기획 담당자 앞
전화 : 02) 3273−5135
www.rokmedia.com   이메일 : rokmedia@empas.com